幾億もの剣戟が黎明を告げる
2
ひねくれ銃手と車椅子の魔弾
Hundreds of Millions of
Sword Struggles
Herald the Daybreak
御鷹穂積
イラスト 野崎つばた

ヤクモ=トオミネ

YAKUMO TOMINE／遠峰 夜雲

領域守護者候補

武器を扱う者《導燈者《イグナイター》》

魔力を生む才能に乏しく、魔力を持つ者から「夜鴉」と呼ばれて蔑視されるヤマト民族出身の少年。城塞都市の外側にある村落で育ち、襲撃してくる魔族と幾度も戦いながら生き延びてきた。師匠ミヤビの導きで城塞都市の内側にある領域守護者の養成学校へ訓練生として通っており、魔王討伐と太陽の奪還を志す。

僕と一緒に、夜を斬ってくれるかな。

たとえ夜を明かすのに
幾億の剣戟が必要だとしても。
最後までお供します。

アサヒ=トオミネ

ASAHI TOMINE／遠峰 朝陽

領域守護者候補

武器に変じる者《偽紅鏡《グリマー》》

ヤクモの義妹。城塞都市の外側でヤクモと出会ってから十年もの間、パートナーとして共に戦ってきた。今では世界をヤクモ、家族、それ以外で分けるほどの極端なブラコン。武器としての銘は《雪色夜切(ゆきいろよぎり)・赫焉(かくえん)》。魔法を持たない刀だが、《黒点化》により「形態変化」の能力を得た。

「う、おおおおおおおおお……ッ！」
「あ、ハッ！
すごいすごい！
でも足りないよ！

ルナ
=オブシディアン

LUNA OBSIDIAN

領域守護者候補

武器に変じる者《偽紅鏡《グリマー》》

アサヒの実の妹。パートナーは《黒曜（ペルフェクティ）》の二つ名を有するグラヴェル。傲慢で自らの力に絶対の自信を持つ。新入生だが入校試験の時点で既に全訓練生よりも優秀だったため、学内ランク第一位に認定された。武器としての銘は《スノーホワイト・ナイト》。刀身の湾曲した片刃の刀剣に変身する。

ヘリオドール

HELIODOR

《黎明騎士》第七格

武器を扱う者《導燈者《イグナイター》》

《地神》の二つ名を冠する最年少の《黎明騎士》。所属は太陽の奪還を目的とする《燈の燿（ひのひかり）》で普段の活動は公表されていない。真面目な性格で職務に忠実。同じ《黎明騎士》のミヤビには堅物扱いされるが、人類のために命を懸ける熱い心の持ち主でもある。パートナーは大剣に変身する幼き少年テオ。

スペキュライト
=アイアンローズ

SPECULARITE IRONROSE

領域守護者候補

武器を扱う者《導燈者《イグナイター》》

ヤクモの先輩訓練生。学内ランクこそ四十位中の三十九位だが、遥か格上にも勝利できるポテンシャルを秘める。二つ名は《魔弾》でパートナーである姉のネアは拳銃に変化する。一匹狼タイプで言葉遣いも乱暴なため周囲からは不良だと思われているが、車椅子で生活する姉を献身的に支える心優しい一面もある。

ネア
=アイアンローズ

NEA IRONROSE

領域守護者候補

武器に変じる者《偽紅鏡《グリマー》》

ヤクモの先輩訓練生。パートナーは弟のスペキュライト。幼い頃、弟と共にとある事件に巻き込まれて足が不自由になり、車椅子で生活している。弟を大事にしており、二人で話すときは子供っぽくなる。武器としての銘は《ウィステリアグレイ・グリップ》。薄紫色を帯びた拳銃で特殊な効果を込めた弾丸が発射可能。

人類が定め
に格付けさ
の強さは《
カー）》に四
基本的に強
としては珍し
いもの」と人
を持つ。ぶり
るが、それが

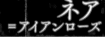

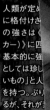

幾億もの剣戟が黎明を告げる 2

ひねくれ銃手と車椅子の魔弾

Hundreds of Millions of
Sword Struggles Herald
the Daybreak

御鷹穂積

イラスト
野崎つばた

2

Hundreds of Millions of
Sword Struggles Herald
the Daybreak

ひねくれ銃手と車椅子の魔弾

CONTENTS

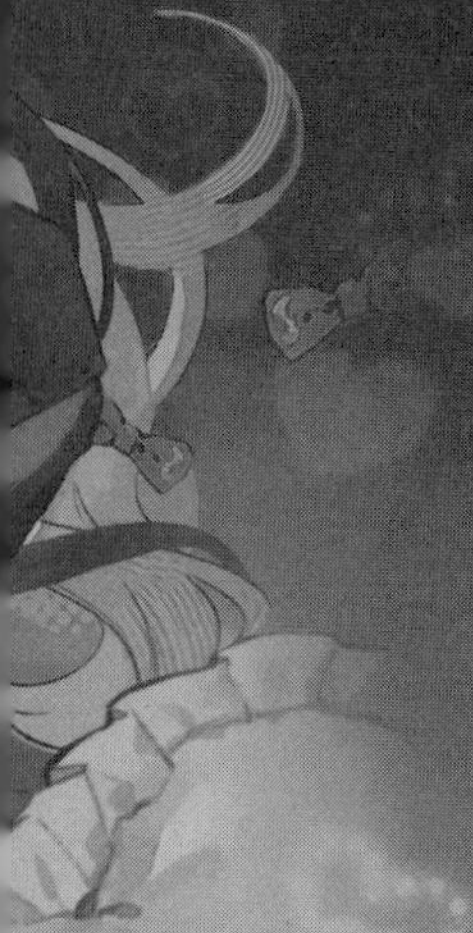

プロローグ／明日知らぬ世を生きる

ヤクモ＝トオミネは、才なき者である。

その身に魔法を宿し武器に変じる者――《偽紅鏡《グリマー》》と、その魔法と武器を操る者――《導燈者《イグナイター》》からなる領域守護者は、人類の希望。

かつて魔王に太陽と星々の輝きを奪われた常闇の世界。

過去の人類は城塞都市を作り上げ、魔力で動く模擬太陽を頼りになんとか生き延びた。

都市の中で生きる人類を、外敵である魔族から護《まも》るのがヤクモの選んだ道。

しかしヤクモには魔法を扱う才能がなく、パートナーであるアサヒにはそもそも魔法が搭載されていなかった。

都市きっての無能ペアはしかし、周囲の予想を覆し、次々と勝利を積み上げた。

領域守護者を養成する四つの学舎の一つ、《皓《しろ》き牙》において学内ランク四十位を獲得。

四つの学舎合同で年に一回執り行われる大会、各学舎で行われる予選では、学内ランク第七位《無《む》謬公《びゅうこう》》トルマリンペアを撃破。

魔力を生み出す能力に乏しく、夜を連想させるからと忌み嫌われる黒髪黒目を持つヤマト民族の少年は、相棒である義妹の少女と共に、常識外の活躍を見せた。

その影響は、決して小さくない。

◇

トルマリンペアとの試合に勝利してから数日が経過していた。

四組織各四十組の訓練生が関わる予選ということもあり、試合と試合の間隔はそれなりに開く。

即座に予選第二回戦、とはならないようだった。

ちなみに、試合は全て放課後に行われる。

よって予選参加者であろうと、通常授業は普段通り受ける必要があった。

もはや定位置となった昼食場所の木陰で、ヤクモは幹に背を預けて天を向く。

ヤクモとアサヒの所属する風紀委の先輩――《氷獄《ひょうごく》》ラピスラズリが言っていたように、葉擦れの音が心地よい。

ささぁ、ささぁ、と風に揺れる葉も、たわむ枝も、人を無心に導く何かがある。

だが、今は落ち着こうにも周囲が騒がしすぎた。

「人間って……怖いね」

ヤクモはしみじみと呟《つぶや》く。

ヤクモの身辺は劇的に変化していた。

トルマリンペアに勝ってからのことだ。

あの《無謬公《むびゅうこう》》、あの第七位、魔法を使わない者同士の戦いにて、ヤクモ達《たち》が勝利した。

それだけでなく——黒点化である。

世界で七人しかいない《偽紅鏡《グリマー》》の極地。一代による進化。

ただ一人の例外もなく、世界に太陽を取り戻すと期待される領域守護者——《黎明騎士《デイブレイカー》》の相棒となっている《黒点群》。

魔法を持たぬアサヒを振るい、黒点化させ、第七位に逆転勝ちをした。

加えて、ヤマト民族唯一の《黎明騎士《デイブレイカー》》ミヤビの弟子という噂《うわさ》が、彼女が応援に駆けつけたことによって真実味を帯び。

そこへネフレンが決闘で敗北した事実、それによって彼女が《偽紅鏡《グリマー》》から首輪を外したこと、独断専行した彼女を魔獣の群れから救い出したというエピソードまで広まり。

結果。

「いやぁ、俺は只者《ただもの》じゃないって分かってたよ」「だ、だよなぁ。ヤマト民族なのに学舎に入れるって時点で実力者なのは見抜けて当たり前」「馬鹿にしてた奴《やつ》らは目が節穴《ふしあな》だったのか、それともくだらない差別意識を捨てきれなかったのかね」「大事なのは実力だけだっていうのにな」

《導燈者《イグナイター》》達の話し声が聞こえてくる。

わざとヤクモ達に聞こえる距離で話しているのだ。自分達はあなたの敵ではないですよ、と遠回しに伝えているつもりなのだろう。

ヤクモを、媚《こ》びを売るに値する実力者と判断したらしい。

「……わたし、あいつらの顔覚えてますよ。最初に馬鹿にしてきた奴らです。手のひら返しもここまで鮮やかだと、不思議と腹も立ちませんね……いややっぱすごくイライラしてきました」

妹はあからさまに表情を歪《ゆが》めて苛立《いらだ》たしげにサラダをむしゃむしゃ頬張っている。

アサヒ＝トオミネ。ヤクモの義妹であり、愛刀。

白銀の長髪は今日も陽光をきらきらと反射し、美しい輝きを放っている。幼さの残る可《か》憐《れん》な顔は、不快げに顰《しか》められていてなお美しい。

「あ、あの、でも、お二人は《偽紅鏡《グリマー》》の希望でもあるんです。トルマリン様は元々でしたけれど、ネフレン様はお二人との決闘を機に首輪を外されましたし、スファレ様も首輪をつけろとは仰《おっしゃ》りませんでした。ヤクモ様とアサヒ様が結果を出すほどに、その関係性も素晴らしさも広まることとなります。そうしたら……もっと《偽紅鏡《グリマー》》を人のように扱ってくれる人も、増えると思うんです」

亜麻色の髪をした《偽紅鏡《グリマー》》の少女・モカが控えめに、だが強い意志を込めて言う。

八人目の《黒点群》の出現は大きな波紋を呼び、太陽を取り戻すことを目的としているものの具体的な活動が明かされない領域守護者組織・《燈《ひ》の燿《ひかり》》の職員に検査を依頼されたほどだった。

師であるミヤビ立ち会いの許《もと》、よく分からない装置に繋《つな》がれ、よく分からない数字の並びを延々と確認された後《のち》に解放された。

「兄さんとわたしの関係は参考にならないんじゃないですか？　唯一無二というか、ね？　兄さんっ」

アサヒが甘い声を出しながら寄りかかってくる。

ヤクモは無視した。

「最近扱いが雑になってませんか!?　わたしは悲しいですよ!?」

彼女は彼女で流されることを前提にそういう話を振っていると、ヤクモも理解している。

「きゃあ、唯一無二ですって……羨ましいわ」「ヤクモ様の物憂《ものう》げな表情も素敵！」「クールというか、黒い髪も瞳も格好《かっこう》良いわよね」「ほんと、お似合いのペアよね」「正直混ざりたい」「何言ってるの？　あぁいうのはね、外側から眺めるからこそ素晴らしいのよ！」「っていうか横にいる巨乳は何？」

これは主に《偽紅鏡《グリマー》》達の会話だ。女性が多いのは……なんだろう。よく分からない。

妹の機嫌が先程よりも悪くなり、思いもよらぬ方向から怒りを買ってしまったらしいモカは「はわわ……」と顔を青くしている。

「人気者ね、わたしの何もかもがもう愛《いと》おしくてたまらないと愛の告白をしてくれたヤクモ」

「してないですね」

こんな風に喋《しゃべ》りかけてくるのは一人しかいない。

ヤクモ達にこの場所を教えてくれた人物でもある、学内ランク第九位《氷獄《ひょうごく》》ラピスラズリ＝アウェインだ。

瑠璃色の美しい髪を靡《なび》かせて、同色の瞳でヤクモを見つめる。

柔らかい微笑。

アサヒと反対側の、ヤクモの隣に腰を下ろし、身を寄せてくる。

うっすらと鼻孔を擽《くすぐ》る薫香は、彼女から漂うものか。

少なくとも細い身体《からだ》から伝わる体温は、彼女自身のものだった。

彼女は薄笑みを湛《たた》えたまま、何を思ったか——そのまま制服のネクタイを緩め始めた。

「ぬわっ……!?　兄さんがわたしにぞっこんであると判明したからと言って過激な色仕掛けで釣ろうなどと小癪《こしゃく》な！　あなたは既に負けヒロイン確定なのですよ！　おとなしく恋愛戦争から退場してください！」

ヤクモは思わず、ラピスの僅かではあるが確かな膨らみに意識が向いてしまう。

「ヤクモ、今日はあなたに見せたいものがあるの。見てくれるかしら？　目を、逸《そ》らさないで？」

モカは顔を真っ赤にして手で顔を覆っているが、例のごとく隙間から推移を覗《のぞ》き見《み》している。

アサヒの怒りが爆発寸前まで達し、ギャラリーからも様々な思いの渦巻いた声があがる。

ヤクモは努めて冷静に言う。

「……今度は何の書類ですか」

ネクタイに手を掛けていた時から、不自然な膨らみを感じていたのだ。

以前は弁当箱に仕込んでいた。今度は谷間らしい。

よくもまぁ色々と考えつくものである。

「あら……動じてはくれないのね。こう見えてわたし、気絶するほど緊張しているというのに」

見れば、制服を脱ごうとする手が微《かす》かに震えていた。

「それなら、最初からからかわないでくださいよ」

「無理よ。だって、あなたにドキドキしてほしいもの」

「――――ぐ」

僅かに頬を染め、恥ずかしそうに言うラピスには普段と違う魅力があった。

「兄さん？　わたし、浮気は許さないタイプですよ」

妹の刃のような声に、ヤクモは正気に戻る。

「……書類の話を」

ラピスは残念そうに肩を竦《すく》めたが、これ以上は引き摺《ず》らなかった。

胸許《むなもと》から一枚の紙を取り出す。

「どうぞ、わたしの谷間でホカホカになった紙をあなたの指でゆっくりと広げて？」

「こざかしいのだ……！」

アサヒがバッと紙を取り上げる。

ヤクモも内容は気になったので、覗き込む。


『第四十位・ヤクモ＝トオミネ、アサヒ＝トオミネ両名に以下の登録名を与える』


そういえば、兄妹には風紀委の仲間が持つ《無謬公《むびゅうこう》》《金妃《きんき》》《氷獄《ひょうごく》》といった二つ名を与えられていなかった。

第一試合には間に合わず、ないままで戦ったのだった。

これは学舎側が用意するもので、ランク保持者の特別性を高める為《ため》に付与されるのだという。

他の学舎や市井の民に対し、『うちにはこんな優れた者がいますよ』とアピールする目的があるわけだ。

定着するかは当人らの活躍次第だが、人によっては正隊員になってからも使われ続ける、領域守護者としての名前。

忌み嫌われるヤマトの剣士と、魔法を持たぬヤマト混じりの刀。

そんな兄妹に与えられるのは、どんな名なのか。

「なんですこれ、褒《ほ》めてるのか貶《けな》してるのか分かりませんね」

アサヒが端整な顔で呆《あき》れたような戸惑うような表情を作る。

「うぅん、僕は嫌いじゃないけどね」

「名前の価値を決めるのは、当人の実績よ。あなた達なら、それを名誉に出来る。きっとね」

「あ、あのっ、私はとっても素敵だと思います」

ラピスとモカの声を聞きながら、改めて書類に目を落とす。

——《白　夜《ファイアスターター》》。

これがヤクモとアサヒを表す名。

暗闇の訪れない明るい夜のごとく、世界に陽《ひ》を灯《とも》す者。

悪くない、とそう思った。

第一章　ナイトレス・レイヴン

昼食後、校舎に戻ろうとした時のことである。

「うんっ、ふぅ、ぅんっ、ぬぁあ……」

女性の喘《あえ》ぐような声が聞こえてきた。

視線を向けると、声の主を発見。

力を入れて、もたなくなって息を吐き、でもすぐに力を入れねばならず、だんだん苦しくなる。喘鳴《ぜんめい》は、その一連の流れの繰り返しによって漏れているようだった。

車輪を取り付けた椅子だ。車椅子、というらしい。誰かが押して進めるようにか、後部に取っ手もついている。けが人の他、足腰が不自由である者が使うようだ。

少女だ。鈍い銀の長髪。柔和な笑みがよく似合いそうな、優しげな顔つきをしている。

すろーぷ——高低差を段差ではなく斜面によって行き来出来るようにしたもの——に差し掛かった少女は、されどそれを上りきるだけの力が無いのか、少し上っては手すりに縋《すが》り付き、息を整えてから再度上る、というのを繰り返していた。

これでは彼女が学舎に戻るのはいつになるか。

放っておくことも出来ないので「手伝いますよ」と声を掛けた。

「えぇ……？　ほ、ほんとですか……ぁ。た、助かります～」

手すりにしがみついた女性がどうにかこちらを向き、微笑《ほほえ》む。

たゆんたゆんと、豊満な胸部が揺れ動く。

汗で額に貼り付く前髪、上気した肌、綻《ほころ》ぶような笑顔。

「あらぁ～、あなたもしかして、ヤクモさんかしら～」

「ええ、おそらくそのヤクモかと。ヤマト民族でもよければ、手を貸しますよ」

「うふふ、救いの手を差し伸べてくれる人の髪色や瞳の色を気にするほど、余裕はないですよ～。も、もうさっきから、二の腕と指がぷるぷるしてきて」

「今行きます！」

「わ、た、し、が！　手伝います。兄さんは下がっていてください」

妹がグワーっとダッシュし、車椅子を支える。

「ありがとうございます～。アサヒさんですよね？　ご兄妹揃《そろ》ってお優しいんですね～」

「ええ、うちの兄に色目を使わない限りは、わたしは優しい少女ですよ」

「もう、そんなことを言って～。全観戦者の視線が集中する中で愛の告白をした殿方ですよ？　あなた以外瞳に映っていないに決まっているじゃないですか～」

ぴくりと、妹の耳が動く。

「ほ、ほう？　あなたはとても良いことを言いますね？　仲良くなれそうです」

「ほんとですかぁ？　私友達少ないので、嬉《うれ》しいです～」

「ええ、最初は新たなる敵の登場かと思いましたが、あなたは許せる巨乳です。これはとても名誉なことですよ。感謝してもいいです」

「わぁ、ありがとうございます～」

「素直で大変よろしい」

一瞬で打ち解けたようだ。

「あなた、《偽紅鏡《グリマー》》ですか？」

車椅子で戦う領域守護者というのはイメージし辛《づら》いからか、妹はそう予想した。

《偽紅鏡《グリマー》》ならば戦闘中は武器となるので、身体《からだ》の不自由は大きなデメリットとはならない。

「えぇ、そうなんですよ～。あ、首輪をつけていないのは、弟がつけなくていいって言ってくれてですねぇ。そう、実は私達《たち》も姉弟《きょうだい》で組んでいるんです。お揃いですね～」

《導燈者《イグナイター》》や《偽紅鏡《グリマー》》の性質は遺伝しやすいが、稀《まれ》にそうでない夫婦間に生まれることもある。

姉が《偽紅鏡《グリマー》》で弟が《導燈者《イグナイター》》というパターンも、珍しくはあるがない話ではない。

「ほうほう？　あなた達も禁断の愛に燃えし者なのですか？」

妹が同志を見つけたことを喜ぶように瞳を輝かせる。

「あ、いえ、うちは血が繋がっているので～」

「まさしく禁断ですね……剛の者とお見受けしました」

感服したとばかりに頷《うなず》くアサヒと、困惑気味の少女。

すろーぷを上りきり、学舎の中へ。

「先程の様子を見るに、お一人でスロープは危険では？　いつもは弟さんが？」

「あ、はい～。私、昔から筋肉がつきにくくて、色々弟に頼りっぱなしで……。ただ、今日は少し風紀委の執務室に用事があるとかで～。一人でも頑張ってみよう、とっ！」

ふんっ、と力こぶを作るように腕を曲げる少女。その細腕に変化はない。

微笑ましい動きだが、それよりも気になることがあった。

妹も同じことを思ったのか、首を傾《かし》げる。

「風紀委？」

「委員だとか、そういうことではないんですけどねぇ。あ、そういえばお二人も風紀委に入られたとか～。なら話は聞いていたりするのでしょうか～」

ヤクモは読み書きも苦労するほどで、事務的な仕事をこなせない。

そういったことも考慮されて、気を遣われている感があった。

代わりにアサヒは重用されていて、兄としては誇らしいと共に自分が情けない。

そんな自慢の妹が、何かを思い出したように口を開く。

「そういえば、謹慎処分中だった訓練生が戻ってくるのが今日でしたか。なんでも二十位の《導燈者《イグナイター》》を互いに武器無しとはいえボッコボコにした問題児らしいですね」

元学内ランク四十位のネフレンは、独断専行の罰。まだ見ぬ風紀委の一組も、何やら問
「……あの～？」

題を起こしたという。そこに、少女の弟。

　この学舎は謹慎処分にされる生徒が多すぎやしないかと思うヤクモだった。

　誰もが力を持つ以上、衝突の規模が大きくなった結果……なのかもしれない。

「…………本当に申し訳ないです。それ、私の弟の仕業で～……。で、でも本当にいい子なんです！」

「確か二十位の方は全治三ヶ月の重傷を負った上で謹慎処分を喰《く》らい、予選も不戦敗になったとか」

　怪我《けが》自体は治癒魔法持ちに治してもらえても、謹慎期間中では試合に出られない。

「……いい子なんです～嘘《うそ》じゃないんです～。私には分かるんですよぉ～」

　およよ、と泣きそうになりながら少女は懸命にフォローしようとしている。

「何があろうと弟を信じるとは……くぅ、愛ですね！」

　どうやら妹は説得されてしまったらしい。

「ところであなたをなんとお呼びすれば？」

　妹が言う。

　ヤクモも、今更ながら名前を聞いていなかったことに気づく。

　少女は一度、ぱちくりと瞬《まばた》きをしてから、花が咲くように微笑んだ。

　それから、自己紹介に移る。

「申し遅れました～。私、ネア＝アイアンローズと言います、以後お見知りおきを～」

ヤクモはその名字に聞き覚えがあった。

確か——。

「オイ、姉貴に何してやがるッ！」

大声と共に、廊下の向こう側から駆け寄ってくる少年。

くすんだ銀髪は逆立っており、眼光は刃物のように鋭い。

ネアと姉弟であるのはなんとなく分かるが、印象が真逆だった。

「スペくん！　やめなさい！」

ネアが叫んだ。

「っ」

ヤクモに摑《つか》みかかる寸前で、少年は止まる。

「……姉貴、待ってろって言っただろ。勝手に消えんじゃねぇよ」

「心配させてごめんね。でもお姉ちゃんはお姉ちゃんなんですよ？　自分のことは自分で出来ます」

「そういうのはスロープを自力で上り下り出来るようになってから言え」

「も、もうすぐなんだから……！　今日だってあと少しだったのよ？　ね？　そうですよねお二人とも～。私、頑張りましたよね～？」

弟とそれ以外では態度が少し変わるようだ。

アサヒがとん、と少年の肩に手を置く。

「お姉さんを心配していたのですね。兄さんに摑みかかろうとした大罪も、あなたの姉に免じて今日のところは許しましょう」

アサヒがここまで寛容なのも珍しい。家族を除けば初ではないだろうか。

「あ？　なんだテメェ」

「よろしく、スペキュライト＝アイアンローズくん。僕はヤクモ＝トオミネ。そして君がテメェなんて呼んだのは、妹のアサヒだ」

少年の視線がヤクモを向く。

「夜鴉《よがらす》兄妹か。チッ……姉貴が世話んなったみたいだな」

少年は意外にも素直に頭を下げた。

彼の言う夜鴉というフレーズには、一切の悪意がない。

だからヤクモも、敢《あ》えて訂正を求めはしなかった。

「気を悪くしたんなら詫《わ》びるぜ。テメェの妹にゃ何の恨みもねぇし、馬鹿な姉貴を運ばせちまったことの礼はいずれする」

「スペくん！　お姉ちゃんを馬鹿だなんて言わないで！　寂しいよ!?」

涙目で訴えかける姉を無視して、スペキュライトは言う。

「だがな、馴《な》れ合うつもりはねぇぞ。オレとテメェらは、敵なんだ」

そう。

第三十九位・《魔弾《まだん》》スペキュライト＝アイアンローズ。

彼とその姉であるネアは、ランク保持者。

このまま行けば、ヤクモの第二回戦の相手になる領域守護者だった。

◇

「あ～～かったりぃ」

そんな気の抜けた声を出すのは、人類の希望である領域守護者の中でも、群を抜いて優れた七組の一角を担う女性だった。

その七組は、あまりの特別性に『世界に本物の太陽を取り戻す者』という期待を負わされ、《黎明騎士《デイブレイカー》》などと呼称される。

ヤマト民族でありながら圧倒的な才能を有し、莫大《ばくだい》な数の魔人を討伐してきた彼女とその妹は、こう呼ばれている。

《黎明騎士《デイブレイカー》》第三格——《黎《くろ》き士《さむらい》》と。

ヤクモの師でもある彼女、ミヤビ＝アカザは都市の中央部にいた。

よく分からない何かで出来た、縦長の建造物が屹立《きつりつ》している。木造ではない。表面は石のようだが滑らか過ぎるし、石組みにしては石と石の境目というものがまるで見当たらない。

優れた土属性使いであれば質感は再現出来るかもしれないが、だとしても見上げるほどの高さと異様な安定性はどうにもならないだろう。

模擬太陽と並び、現代では再現出来ない遺失技術《ロストテクノロジー》の産物。

この都市では、『タワー』と呼ばれている。

「姉さん、しっかりしてください」

妹のチヨに引き摺《ず》られるようにして、タワーまで来た。

緊急だとかで伝達員に叩《たた》き起こされたので、和装の着こなしがいつも以上にだらしない。

昇降機に乗り、受付で伝えられた階層の釦《ぼたん》を押す。

その間に、チヨがテキパキとミヤビの服装の乱れを直した。

「もうちょぃ寝てたかったんだがなぁ。おちよ、お前もだろうぉ？」

すすす、と妹の胸に手を伸ばすと叩き落とされる。

「外ではダメです」

ミヤビとは違い、彼女はキチッとしている。仕事の話ということで『白』の隊服だ。

「ダメって言われると燃える性分でね」

「社会性に問題がありますね」

「社会なんてものが成立するのは、あたしのような社会不適合者のおかげってとこが皮肉だよなぁ」

「全ての領域守護者が姉さんのように社会不適合者ではないので、ご安心を」

「つまらん奴《やつ》らばっかだよ」

「シャキっとしてください」

「あたしゃ他人に起こされるのが嫌いなんだ」

「起こしたのはわたしです」

「そうだっけか？　じゃあ仕方ねぇなぁ」

目的の階に到着し、昇降機が停止する。

「お待ちしておりました、ミヤビ＝アカザ様、チヨ＝アカザ様」

黄の隊服に身を包んだ女性に出迎えられた。

太陽奪還を掲げる領域守護者組織——《燈《ひ》の燿《ひかり》》の職員だ。

「そりゃご苦労さん。《黎明騎士《ディブレイカー》》を呼び出すたぁ、余程の大事《おおごと》なんだろうな？」

「それにつきましては、会議室の方で説明があるかと」

「会議室ねぇ」

女についていく。

ある扉の前まで案内される。ご丁寧にも扉を開けてくれた。

ミヤビは迷わず足を踏み入れた
視界に広がるのは長卓と、それを囲むようにずらっと並んだ椅子だけの空間。まさしく会議する為《ため》の部屋という具合。

既に何人もの人間が集まっていた。知らない顔もあるが、知っているものだけ数えても異常な顔ぶれだった。

《紅の瞳》《蒼《あお》の翼》《皓《しろ》き牙》《燈の燿》全ての領域守護者組織、その総司令が勢揃《せいぞろ》いしている。

そして、ミヤビ達《たち》以外の《黎明騎士《ディブレイカー》》が一組。

錚々《そうそう》たるメンバーを見て、ミヤビは――面倒くさそうな顔をした。

「……あ、これぜってぇクソ面倒くせぇ仕事任されるやつだな。居留守しとくんだった」

「ふふ、そんなこともあろうかと、その場合は扉を蹴破る許可を与えていたよ」

『白』の総司令が言う。四十を超えている筈《はず》だが、二十代前半のような若さを持つ女性で、同性異性を問わず魅了するような笑みが特徴的。

ミヤビには、彼女の異様な美貌と柔和な態度が不気味に映った。

「やめろババア。んなことした日にゃあ、この都市から出てくかんな」

いくら《黎明騎士《ディブレイカー》》とはいえ総司令に対する口ぶりではなかった。

他の者が気色ばむ中、総司令アノーソ＝クレースは擽《くすぐ》るように笑う。

「もう出来ないでしょう？　お弟子さんと、そのご家族を背負ってしまった。身軽なあなたらしくない選択だって、みんな驚いていたわよ」

「他人の考えるあたしらしさなんざ、いくら裏切ろうとちっとも心が痛まんな。勝手に驚いてろよ」

「……そこまでにしておけ、ミヤビ」

男だ。いかにも堅物という面をしている。黄色の髪は男にしては長い。

「ヤマトの戦士は目上の人間に対する口の利き方も知らんのか」

無視しても良かったが、ミヤビはニヤリと笑って応じる。

「はんっ、ヘリオドールか。そういうお前さんは格上に対する口の利き方を知らねぇみたいだなぁ。ん～、お前さんって第何格だったっけか？　おちよよ、第三格なあたし達に対し、こいつらはなんだ？」

妹は露骨に溜《た》め息《いき》を吐《つ》いたものの、ミヤビの求めに応じるように口を開く。

「……《地神《ちしん》》のお二方は、《黎明騎士《デイブレイカー》》第七格です」

《黎明騎士《デイブレイカー》》の格は、現存する都市同士の僅かな交流によって明らかになった各ペアの実績を基《もと》に判断される。

第一格の戦果が最も多く、第七格の戦果が最も少ない。

ヘリオドールの《偽紅鏡《グリマー》》である細身の美少年が、ミヤビを睨《にら》みつけた。

「……魔人との遭遇数が多いだけのことで、鬼の首を取ったような態度だな」

「おい、おぼっちゃん。遭遇数は問題じゃねぇだろ。肝心なのは討伐数だ。魔人を鬼っつうなら、まさしくあたし達ゃその首を取ってる。ヘリオドール、お前さんも稚児《ちご》に簡単な言葉くらい教えてやれや。教養ってのはこういう時に必要になるんだぜ？」

「貴様がそれを言うか」

「あぁ？　うちの妹は完全完璧に最高だろうが、ぶっ飛ばされてぇか」

「……姉さん。ヘリオドールさんが仰《おつしや》っているのは、姉さんが無教養かつ慮外者であるにもかかわらず、他者の未熟を指摘していることへの不満かと」

「ほぅ。やっぱお前は賢いなぁおちよよ〜」

ミヤビは妹の頭を撫《な》でようと手を伸ばしたが、シュッと回避された。悲しい。

「ヘリオドール、いいのよ。みんなも、ミヤビは構うだけはしゃぐから放っておきましょうね」

アノーソがにこやかに言う。

「ババア……」

「本題に入るわ。座って」

ここまで来て帰ればそれこそ時間の無駄。

ミヤビはどかっと椅子に腰を下ろす。それを待ってから、チヨも続いた。

「本日お集まりいただいたのは、都市存亡の危機が迫っているからです」

説明はヘリオドールがするらしい。

《黎明騎士《ディブレイカー》》が会議の進行……嫌な予感がする。

「今年に入ってからというもの、魔獣との遭遇回数が激増しているとの報告が《皓き牙》から相次いで入っていました。そして先日、《黎き士《くろさむらい》》出撃時には東西よりかつてない規模の魔獣の群れが迫ってきたとの報告が上がっています」

ネフレンとかいう訓練生が功を焦り、それを弟子が助けに向かった日のことだ。

全部燃やしつくしたとはいえ、確かにあの数は多すぎた。

まだ【カナン】に来て日の浅いミヤビですらそう思ったし、十年壁外で暮らしていた弟子が言うには、ここ最近魔獣との戦闘が多くなってきたのだと。

しかも、問題はそれだけではない。

アノーソがミヤビを見る。にっこりと、目を曲線のように細めて笑っていた。

ミヤビは聞こえよがしに舌打ちをしてから、口を開く。

「うちの弟子が魔人と遭遇したってのはマジだぜ。つーかトドメ差したのはあたしだしな。まとめてホラ吹き扱いすんなら別に構いやしねぇけどよ」

まだ訓練生のヤクモとアサヒが魔人との戦いを生き延びたという話が、この街の人間には信じられないようなのだ。

真偽を見抜く魔法によって真実と証明されたあとでさえ、疑念は消えなかった。

それだけ、ヤマトへの差別意識は根深い。

だがアノーソは違う。

「信じるわ」

「そうかよ。で？　どうすんだ？」

「馬鹿な質問かもしれないけれど、訊《き》かせてね。一連の魔獣襲撃の黒幕が、その魔人だという可能性はあるかしら」

「ゼロとは言わねぇが、まぁそれだけだ。十中八九、あれはパシリだろうよ」

ミヤビの言葉に、誰も驚かない。

だが会議室を包む緊張感は確実に高まった。

「そう……そうよね。お弟子さんや貴方《あなた》の報告から考えても、あの魔人はよくて四級。これまで出現した魔獣全てを従えていたにしては、弱すぎるわ」

魔人は魔獣を操る。

そんな魔人の間にも格差はあり、下位の魔人は上位の魔人に従うことがある。

魔人同士の関係は単純で、服従か敵対の二択なのだ。

あの場には弟子が遭遇し、ミヤビ組がトドメを刺した魔人しかいなかった。

だが、あれは黒幕にしては弱すぎるのだ。

都市相手に喧嘩《けんか》を売るには、あまりに実力不足。

都市を滅ぼすだけの力を持つ上位者が裏にいると考えるのが自然だろう。

「うちの弟子とたまたま遭遇したから戦闘に発展しただけで、本来の目的は偵察だったんだろうよ」

まず魔獣を放ち、それが戻ってこなければ『魔獣を殺せる者がいる』と分かる。

あとは魔獣の数を増やし、戦闘の様子を配下の魔人に記録させ、より詳細な敵戦力などを探る。

「……偵察役と魔獣の大群が帰還しなかったとなれば――次は敵の首領がやってくるのかしら」

「……あぁ。この都市は近々魔人に襲われる。これまで滅びた都市のように全方位を魔獣

が存在する。


の大群で囲まれ、それを操るほどの魔人が現れたら、保《も》たねぇだろうな」

　人類が定めた魔人の等級は、下が五、そこから一まで上がっていき、その更に上に特級が存在する。

　五級の魔人であっても、複数の領域守護者から構成される《班》が最低三つは必要だと言われている。

　特級指定ともなれば、《黎明騎士》《デイブレイカー》に匹敵するほど。

　それが、魔獣の軍勢を率いて人類領域を蹂躙《じゆうりん》するのだ。

　これまでの人類領域はそうして滅びてきた。

「だがこの都市には《黎明騎士》《デイブレイカー》が二組いる」

　重い空気の漂う会議室の中で、毅然《きぜん》とした声を発したのはヘリオドールだ。

　ミヤビは楽しげに笑う。

「あたしとお前で二方向を担当するとして、残りを『白』だけで守るのは厳しいな。かといって腑抜《ふぬ》けばかりの『青』や殺し合いを知らねぇ『赤』がでしゃばったところで統率が乱れるだけ。一応は壁外での戦闘経験を積んでる『光』がどれだけ使えるか次第だが……まぁ、七割方滅びるだろうよ」

　魔人と人類はかつて天敵同士だった。

　少し考えれば分かることだ。

　太陽が出ている間、人間は魔力が作れる。だが魔人は作れない。

世界を夜が支配する間、魔人は魔力を作れる。だが人間は作れない。

自分が無力な時にこそ力を得る存在。

獣ならまだしも、同程度の知能を持つ『人』という種。

互いへの警戒心や恐れが、やがて戦争に発展したことは想像に難くない。

問題は、魔人の王が規格外の魔法を発動したこと。いや、発動し続けていることだ。

そして魔人は今でも人類を殲滅《せんめつ》しようと活発に動いている。魔獣を支配下に置き、壁に閉じこもった人類まで捜して殺す。

だがそれも、分からなくはないのだ。

人間だって、羽虫が飛べば煩わしいという理由で潰すことがあるだろう。害がなくとも、周囲を飛ぶだけで命を奪う。魔人からすれば、かつてほどではないにしろ人類は邪魔なのだ。

だからこそ、人類は反撃に出なければならない。

いつか取り返しがつかなくなるほどの弱体化を迎えてしまう、それより前に。

魔王の首を取り、夜を裂き、太陽を取り戻す必要があるのだ。

それを果たす為にも、魔人の襲撃ごときで貴重な人類領域を失うわけにはいかない。

「七割方滅びるだと？　貴様、夜を斬るなどと宣《のたま》いながら、その悲観主義的な発言はなんだ」

ヘリオドールが不機嫌そうに眉を歪《ゆが》めていた。

ミヤビは動じないどころか機嫌を悪くする。

「はぁ？　お前らの楽観が生んだのがこの現状だろうが。あたしゃ悲観なんざしてねぇよ。生き残る気があるってんなら、刃くらい振るってやるっつの」

問題は、その気持ちを戦う者全てが持てるかどうか。

『白』はともかく、他は難しいだろう。

壁の内の治安維持を目的とする『赤』と壁の上を警備しているだけの『青』が、対魔獣戦にどれだけ貢献出来るだろう。

「大事な弟子も出来たことだしねぇ？」

ニヤニヤ笑うアノーソ。

「黙れババア」

「弟子で思い出したが、貴様の弟子は《偽紅鏡《グリマー》》が黒点化を果たしたそうだな」

何かを考え込むように腕を組むヘリオドール。

「あぁ、大した奴《やつ》らだよ。それがどうした」

「遣えるか？」

魔人そのものはともかくとして、一方向を任せられるくらいの遣い手か？　と、そう問うているのだろう。

「鍛えりゃあな。だがついこないだ黒点化したばっかだぞ、よちよち歩きの乳呑み子《ちのみご》に走れなんて言うもんじゃねぇ」

弟子の実力は疑っていない。前回の戦いで一皮むけたのも事実。誇らしくさえある。

だが、だからこそ他人の都合で魔人戦になぞ投入されてはたまらない。

「そもそも出たところで使えないでしょう。発現したのは形態変化の延長に過ぎない能力一つ。更には魔法がゼロで、魔力もロクに扱えない。どう役に立つというのです」

ヘリオドールのパートナーである美少年は、明確にミヤビを見て言った。

先程ヘリオドールを小馬鹿にした意趣返しのつもりらしい。お可愛《かわい》いことだ。

「ヘリオドール。やっぱそのガキ黙らせといた方がいいぞ、お前の格が下がる……あ、今の時点で最下位だから下がりようがねぇか」

ミヤビの言葉に、少年は顔を真っ赤に染め上げて口を開きかけるが、それをヘリオドールが制した。

「テオ。わたしの為《ため》に憤る忠誠心は買うが、ミヤビの言う通りだ。あの女に合わせ自らの品位を下げることはない。分かるな？」

「……はい。申し訳ございません」

消沈した様子の少年の肩を、ヘリオドールはそっと叩《たた》く。

「失敗も失態も構わない。学ぶことさえ出来れば」

「肝に銘じます」

「おいお前ら、あたしに品格がねぇってか。なぁおい」

「……姉さん。どう見ても皆無です」

「お前はもう少し姉の味方をしてくれよ。……いや、今はそれはいいさな。それよりそこのクソガキの見当違いを是正すっか。結論から言うぞ？　うちの弟子は今でも前線で戦うだけのポテンシャルを秘めてる」

「……聞かせてもらおう」

　ヘリオドール以下、会議室の面々が傾聴の姿勢をとった。

「形態変化の延長とだけ聞きゃあ、笑いたくなんのは分かるぜ？　なんせ魔力防壁で距離をとって戦うのが基本の世界だ」

　実際二人がその能力に覚醒した際も、嘲笑する者ばかりだった。

　だがその認識は、領域守護者の常識に囚《とら》われたが故の愚かな判断だ。

「あいつらはな、魔力防壁さえ斬る。素の身体能力は魔力強化レベル、十年の苦難の中で継戦能力が磨かれ続け、なんと最長で七晩だ。そしてあいつらは魔力が無い故に、魔力を必要としない戦い方を極めた」

　誰もがミヤビの声に聞き入る。

「これまでは最大の懸念が『射程』だった。なにせ刀一振りだ。分かるか？　アサヒの黒点化はな、あいつらの活躍を阻むただ一つの障壁を取り払ったんだよ。魔法が使えない？　アホらしいにもほどがある。あいつらに魔法は要らないんだ」

　領域守護者としては致命的な欠陥を抱えた兄妹は、それをものともせずに成長した。

「あたしもヘリオドールも、他のどの領域守護者も、バカスカ魔法を撃ちゃあ魔力切れを起こす。そうなってまで戦えんのは一部の強者だけだろう。だがな、あいつらに魔力切れは無い。開放された能力が魔法じゃないからだ」

「――――」

「失うもんがねぇから、狭まる戦法なんざ持ち合わせてねぇから、あいつらは決して揺らがない」

雪色の粒子の操作と形成に関しては訓練が必要だが、逆に言えばそれさえも極めた時、彼らはミヤビの目的を大いに扶《たす》けてくれるだろう。

「もし、そんな簡単なことに気付けない奴がいるなら、そいつは随分と視野が狭いんだろうな」

テオは唇を噛《か》み、恥じ入るように俯《うつむ》く。

「話は理解した。ならばミヤビ、早急にその弟子を鍛えろ」

「言われなくても鍛えるっつの。あたしゃ師だぞ」

ヘリオドールとミヤビの会話を眺めていたアノーソが、優しく微笑《ほほえ》んだ。

「魔人が来るまでに、戦力を確保せねばね」

「予選はどうすんだ？　うちの弟子の人生が懸かってるんだが」

「このまま執り行う予定よ。中止にしたら、民や訓練生の不安を煽《あお》ることになってしまうもの」

そう。

予選も本戦も民に開放されている行事だ。

不自然に中止すれば誰もが不安に思うだろう。

外の問題だけで精一杯だというのに、要らぬ内憂を抱えるわけにはいかない。

表向きはこれまで通りに全てを進行し、秘密裏に戦力を確保する。

その候補に、自分の弟子達《たち》はばっちり入ってしまったらしかった。

無能のヤマト民族二名が、いつの間にやら期待の星に。

――魔王殺しを目指してんだ、この程度にはついてきてもらわにゃな。

他人が勝手に弟子を使おうとするならば断固として止めるつもりだった。

だが自分に一任されるなら。

導いてみせよう。

立ち上がる。

「帰るぞ、おちよ」

「……いいのですか？」

「小難しい話には興味ないんでね。敵が来る。ぶっ殺す。そんだけ分かりゃあ充分だ」

「姉さんがそう言うのであれば」

さて、愛弟子《まなでし》は今頃何をしているだろう。

そんなことをふと思いながら、姉妹は会議室を後にした。

◇

「百九十五……百九十六……」

寮の居間で朝の日課である逆立ち指立て伏せをこなし、立ち上がる。

「ヤクモ様。おつかれさまです」

どうぞ、とモカがタオルを差し出した。

モカとアサヒに一室ずつ寝室を使ってもらっている関係で、ヤクモは居間で寝起きしていた。

自室というものがないので、朝の日課も居間で行っている。

モカは最初、上半身に服を纏《まと》っていないヤクモを見るたびに赤面していた。

だが今はさすがに慣れたのか、少し恥ずかしそうな顔をするだけ。

ちらちらと視線を向けられては逸《そ》らされる。ヤクモは苦笑しつつ、タオルを受け取った。

「ありがとう」

感謝を述べ、汗を軽く拭く。

「朝食がもうすぐ出来ますから、アサヒ様を頼んでもいいでしょうか？」

「うん。起こしてくるよ」

シャツを着て、それから妹の寝室へ向かう。

コンコンとノックする。

「アサヒ、朝だよ」

この時間まで起きてこないのは珍しかった。

兄が女性と二人きりになることを過度に嫌がるアサヒは、いつも早起きだ。

もう一度声を掛けてから、それでも返事が無いので控えめにドアを開く。

顔だけ覗《のぞ》ける隙間を開けて、ベッドを見る。

すぅすぅと静かな寝息を立てている妹がいた。

「アサヒ」

呼んでも反応がない。

寝ている時でも、ヤクモが呼びかければ即座に目を覚ますのが妹だ。気絶の場合を除き、壁の外でもいつもそうだった。

何かが変だなと思いつつ、部屋に入る。

幻想的だった。

ベッドシーツに広がる白銀の毛髪は銀糸を散らしたようで美しく、彼女の細い身体はこうして見るとあまりに頼りなく、儚《はかな》げである。

触れれば、まぼろしのように消えてしまうのではないか。

だって、こんなにも美しい存在が、尊い存在が、頼りになる存在が、自分の人生にいてくれるなんて話が出来すぎている。

そんな恐怖に駆られて、しかしヤクモは屈さない。

自分はしっかりと、現実を生きている。
「起きておくれ、アサヒ」
ベッドに片腕をつき、もう片腕で彼女の肩を揺する。
「んっ……」
アサヒの口から存外に艶《なま》めかしい声が出て、ヤクモはドキッとした。
薄紅色の唇から、生温かい吐息が漏れる。
妹がみじろぎし、布団がずれた。
あどけない寝顔に、思わず表情が緩んだのも束《つか》の間《ま》。
彼女を着ている『ぱじゃま』とかいう寝間着が露《あら》わになり、ヤクモは焦った。
釦《ぼたん》が幾つも外れ、それによって生じた隙間から柔肌が覗いていたのだ。
先日の告白を思い返す。
ずっと秘めていた想《おも》いを自分は口にしてしまった。
口にしてしまった言葉は、胸の内には戻せない。
どうにも、自分の理性は弱くなってしまっている。
それでも、とヤクモは自制心を働かせる。
布団を上げて、見えないようにしよう。
「……兄さん……っ」
切なげな響きで放たれる寝言。

ガツンと殴られるような衝撃。

こんなことならモカに起こしてもらえばよかった。

――難易度が高すぎる！

「…………………いや、待てよ」

よくよく考えれば、やはりおかしい。

妹は寝付きも寝起きもよいのだ。

誰かが部屋に侵入すれば、その気配で目を覚ます方が自然。

昨日、特別疲れるようなことをしたわけでもない。

もし、たまたま眠りが深い日ということでなければ。

………。

「起きない、か。仕方ない、モカさんと二人で朝食をとろう」

ヤクモはそうしてベッドから離れようとして。

ガシッと腕を掴《つか》まれた。

「何故《なぜ》なのだ……!?」

アサヒの叫びである。

「やっぱり狸《たぬき》寝入りだったね」

呆《あき》れるヤクモを見ても彼女は悪びれもしない。

「兄さんは健全な男児でしょう!?　普通意中の相手が自分にだけ無防備な姿を見せたら、

きゅんとくるものじゃあないですか。更には寝言で自分の名前を呼んでいるんですよ？　もうガバッと襲っちゃってもいいくらいじゃあないですか！」

「それは信頼を裏切る行為なんじゃないかなって思うんだけど」

「信頼の種類くらい見抜いてください！　友人的な信頼と、その先もおっけーな信頼は違うでしょう。わたしを見ていればお分かりでしょう！　えぶりでぃおっけーですよ普通に！　いつでもうぇるかむですよ！」

優勝するまで、そういうことは我慢すると彼女は約束した。

だがヤクモの側がそれを破ればその限りではない。

だから彼女はヤクモに自分を襲わせる方向での色仕掛けに及んでいる。

「どうですか？　兄さん。妹のぱじゃまの向こうに広がる膨らみに興味があるんじゃないですか？」

妖しい笑みを浮かべて、指を胸に這《は》わせるアサヒ。

「……ふくらみ」

首を傾《かし》げるヤクモ。

「……!?　い、今のは酷《ひど》く傷つきました！　膨らみなど無いと言いたいんですか！」

妹が涙目になる。

「ご、ごめん！　そんなつもりじゃ――」

「むぅ……。兄さんがまともに褒めてくれたのって髪くらいでは……もしかして兄さん

「……髪ふぇちという特殊な性癖の方ですか？」

朝から性癖とか口にしないでほしかった。

妹は悩むような顔をしたあと、意を決したように拳を握る。

「に、兄さんの為《ため》ならアサヒちゃんはなんでもします……！　こ、この髪でしたいことがあったら、なんでも言ってくれていいですからね？」

毛先を指で弄《もてあそ》びながら、妹が上目遣いにこちらを見上げる。

ヤクモの手は摑んだままだ。

「ヤクモ様、アサヒ様は——はわわっ!?」

入ってきたモカが、アサヒの表情を見て何かを誤解したようだった。

「し、失礼しましたっ。私、その、お済みになるまで外で待ってますので……！」

「モカさん、落ち着いて。アサヒの暴走だよ。いつものことじゃないか」

「愛は人を狂わせるのです。わたしに言わせれば、暴走せずして何が愛かと！」

「分かったから釦《ぼたん》をしめて、手を離して、朝食を食べに出てきてくれないかな」

「今日も失敗です。これはまた作戦を練り直さなければ……」

その作戦とやらの度にヤクモの精神力が削られていることに気づいているのかいないのか。

あるいはそれが目的なのかもしれない。

抵抗力を失うまで責め続ける、とか。

勘弁してほしかった。

「いいから、早く準備しておいで」

「はぁい」

あぁいうところがなければ、素直で良い妹なのだけれど。

◇

放課後。

ヤクモは今日、大会予選の観戦に臨んでいた。

一回戦が終わり、風紀委では兄妹とラピスペア、まだ見ぬ二組が勝ち抜いているらしい。

会長副会長の二名が一回戦で敗退したことは、それなりに話題になっているようだ。

二組とも、去年は本戦まで勝ち進んだ実力者。

それが《無謬公《むびゅうこう》》トルマリン組は四十位の夜鴉《よがらす》に倒されてしまい。

《金妃《きんき》》スファレ組は一位を前に為《な》す術《すべ》もなく敗北を喫した。

しかも、その一位は今年の新入生だった。

入校試験の段階で、既に学舎に在籍するあらゆる実力者よりも優秀と判断された者。

ネフレンのように四十位スタートというだけでもその才能を称《たた》えられるほどだというのに、《黒曜《ペルフェクティ》》グラヴェル＝ストーンと、その《偽紅鏡《グリマー》》であるルナ＝オブシディアンは即座に頂点を獲《と》った。

そしてそのルナは――アサヒの実妹だというのだ。

かつて無能の烙印《らくいん》を押され実家を放逐されアサヒは、自分と異なり優秀だった妹と、十年を経て同じ学舎に通うこととなった。

片や四十位、片や一位。

一見、十年経《た》っても格差は変わっていないように思える。

それでも、アサヒは十年前とは違う。

優秀な妹への劣等感を克服し、戦うことを決意した。

「あの姉弟の試合ですか。ネアさんには是非とも頑張ってほしいですね、同志として」

そう。今日から二回戦が始まる。

だがスペキュライトとネアのペアは、今日まで謹慎だったのだ。

どうして二回戦に参加出来るかというと話は単純で、彼がシードだったから。

トーナメント的には二回戦であるが、姉弟にとっては一試合目である。

三十九位である彼がシードだったのは、トーナメントの組み方がランダムだからだ。

幸運、と言うべきか。

更に言えば、彼が今回あたるペアは、一回戦を不戦勝で上がってきている。

というのも、そのペアの対戦相手というのが、スペキュライトが全治三ヶ月の重傷を負わせた二十位だったから。

この勝負に勝ったペアが、ヤクモとアサヒの次の相手となる。

しかし今のヤクモは、そういった事情を気にしている場合ではなかった。

妹が思いっきりヤクモの腕に絡みつきながら、フィールドを見下ろしているのだ。

ヤクモも健全な男児。想い人にひっつかれて平静でいるのは難しい。

「アサヒ」

なんとか離れてもらおうと口を開くが――。

「おぉっと先に言っておきますけど、離れませんよ？　これをした時の兄さんの言い訳は歩きにくいというものばかりでしたが、わたし達《たち》は今！　直立かつ不動で！　試合観戦をしようというのですからね。歩行を伴わない以上、わたしが兄さんから離れる必要性は最《も》早《はや》無いのだ……！」

ふっはッはという高笑いつきで妹は言う。

ヤクモも、嫌というわけではないのだ。

「でも、アサヒ。やっぱり離れてくれないと困るよ」

「どうしてですか？　兄さんと離れる方がわたしは困りますが？」

ヤクモは悩む。

だが結局口にした。

「これだと、緊張して試合に集中……出来ないから」

暴走が目に余るものの、アサヒは本当に魅力的な少女なのだ。

相棒としての立ち位置を定められる戦闘中や、寒さを凌《しの》ぐ為に身を寄せ合っていた壁外ならともかく、もう壁の内で、今は観戦に来ている。

限りなく日常に近い中で、アサヒとの接触は少々毒だった。

「ぬぉっ……こ、これはヤバイです……！　に、兄さんが……がわいい」

アサヒが顔を朱色に染め、唇をによによともどかしそうに動かす。

反応が可愛《かわい》いような気持ち悪いような。

とにかくアサヒは腕に入れた力を緩めてくれた。

「兄さんがあまりに尊かったので、譲歩します」

譲歩しても離れてはくれないようだった。

だが正直それで充分。密着性が薄れた分、理性の働く余地はあった。

「……来たよ」

スペキュライトとネアだ。

ただネアは車椅子に乗っていない。

スペキュライトが腕に抱えていた。

「お、お姫様抱っこというやつですよ！　兄さん！　すんばらしいですよあれは。わたし達も今度からあれで登場しましょう！」

大興奮の妹に対し、ヤクモは冷静だ。

「嫌かな」

「そんなこと言わずに～」

　駄々をこねる妹。

「あの二人には意味のある行動なんじゃないかな。車椅子で行くと、試合の邪魔だし」

　頼めば審判や大会運営が運び出してくれることもあるかもしれないが、スペキュライトの性格ではそれをしないだろう。姉のことで他者の手を借りたくない、というのがこの前の短い会話の中でも分かったのだ。

「スペくん。お姉ちゃんは本当にいつもこれが恥ずかしいんだけどな……」

　ネアが羞恥のあまりに両手で顔を覆っている。

「オレはどうでもいい」

「お姉ちゃんの心を護《まも》ってはくれないの？」

　悲しげな声を出すネア。

「出来てねぇか。オレには」

　スペキュライトは一瞬だけ姉を見下ろし、ぶっきらぼうに呟《つぶや》いた。

「……ううん。ごめん。出来てるよ。スペくんは良い子」

「落とすぞ」

「酷い！」

　今日も関係は良好そうだ。

「ネアさーん！　頑張ってください！」

妹が素直に声援を送っている。

その声が届いたようで、ネアが表情を輝かせる。

「わぁ、アサヒちゃんの声だよ。聞いた？　スぺくん。頑張ろうね」

「十六位よか、三十九位のオレらの方が相手取りやすいってだけかもしれねぇぞ」

「もう、ヤクモくんもアサヒちゃんもそんな子じゃありませんー。疑《うたぐ》り深《ぶか》いのはよくないよ？」

そう、彼の対戦相手は十六位だった。

健康的に日焼けした肌、ニカッと微笑《ほほえ》んだ時に見える八重歯が魅力的な少女が、《導燈者《イグナイター》》。

そんな彼女の背中に隠れるように立ち、スぺキュライトに怯《おび》えるように震えている大人しそうな少女が、《偽紅鏡《グリマー》》。

《導燈者《イグナイター》》の少女は元気に笑う。

「面白い登場の仕方だね！　スぺキュライトくん！」

「うるせぇ」

「あはは！　きみのおかげで一回戦は力を温存出来たから、今回は最初から全力全開で行くよっ！」

「あんな雑魚、出てたところですぐに脱落してただろうよ」

「二十位捕まえて雑魚呼ばわりとはねっ。楽しみだ！」

学内ランク第三十九位《魔弾《まだん》》スペキュライト＝アイアンローズ
対
学内ランク第十六位《獣牙》パイロープ＝キャンドル
戦いが始まる。

勝った方が、ヤクモ達の次の対戦相手となるのだ。

「撃鉄を起こせ《イグナイト》――ウィステリアグレイ・グリップ」

ネアが変じたのは、薄い紫色を帯びた――不思議な形状の武器。

スペキュライトはそれを右手で握った。

「……あれが短筒《たんづつ》か。初めて見るな」

ヤクモは興味深々で眺める。

ものすごく雑に言うと、筒の端に長方形の取っ手をつけたような形状だ。

筒の後端にある撃鉄を起こし、持ち手側の長方形部分についている引き金を引くと、穴から小さな玉――弾丸――が飛び出す。

初めて見たが、《偽紅鏡《グリマー》》ではない通常の短筒でも、用意に人を殺傷出来るとか。

大昔、人同士で戦争をしていた時代には使われていたようだが、通常の銃弾は魔獣の魔力防壁に弾《はじ》かれるので、次第に廃れていった。

今では製法も伝わっておらず、少なくとも都市【カナン】では製造されていない。

距離をとって戦えるという意味では弓に似ているが、あちらと比べると、射程が短い。

代わりに、連射性と威力は短筒に分があるようだ。

と、ヤクモが考えていると。

「拳銃の方が通りがいいですよ。短筒とか言うのヤマトくらいじゃないですか？」

「師匠のくれた資料にはそう……あぁ、師匠もヤマトだから」

「あの女が資料なんて作れるとは思えないので、チヨさんでしょうね」

入校試験前に、ランク保持者の情報はある程度与えられていたのだ。

《導燈者《イグナイター》》と武器に関する情報中心だった為、《偽紅鏡《グリマー》》であるアサヒの妹が学舎にいることも、直接見るまで気づけなかったのだが。

ネアにしてもそうだ。スペキュライトの情報は顔写真付きであったので、見た瞬間に彼と分かったが、《偽紅鏡《グリマー》》である姉の情報は少なく、名前を聞くまで分からなかった。

師匠と出会ってから兄妹が入校するまでの時間に集めた資料であることを考えると、それでも充分すぎるくらいなのだが。

「師匠をあの女呼ばわりはよくないよ」

「わたしの兄さんに近寄る女は、全員あの女で充分です。ネアさんはブラコンなので許します」

随分とネアを気に入っているようだ。心を許せる友人が出来るのはよいことだが……。

「師匠もすたーこんぷれっくす？　みたいだけど？」

「いや、あれは雑食なだけですよ。たまに兄さんやわたしを見て舌なめずりしてますからね。油断してるとその内パクっといかれちゃいますよ。もし兄さんに手を出したら……あの女を殺して兄さんに妹の素晴らしさを説き、わたしは特に死にません」

「罪の意識……」

「ないですっ」

冗談、だろう。そう受け止めて、試合に意識を戻す。

ウィステリアグレイ・グリップ。拳銃タイプの《偽紅鏡《グリマー》》で、搭載魔法は『必中』。

読んで字の如《ごと》く、彼らの弾丸は必ず当たるのだ。

狙った場所へ、吸い寄せられるように進む。

破格の魔法だ。

だが現実には魔力防壁が存在する。

魔力防壁は、込めた魔力の分だけ敵の攻撃を防ぐ盾となる。

弾丸に込められた魔力が少なければ、防壁を貫通することは出来ない。

そうなっては『必中』も意味をなさないだろう。

加えて、ネアには欠陥とも言えるべき制限があった。

弾数限度が存在するのだ。

その数、六発。

それを超えると、『必中』は機能しなくなる。

一度人間に戻って、再度武器化するまで。

だが、それも無限には出来ないのだ。

存在の組み換えは存外に負担が大きい。

かつて《偽紅鏡《グリマー》》が接続者と呼ばれていた時、彼らは生命力を魔力に変換する機構を組み込まれた。だが『命を魔力に変えると、精神を大きく疲弊し魔法が使えない』という欠点を抱えていた。

これは何も、魔力に限ったことではない。

肉体を武器へと変化させることが、何の問題も引き起こさないわけがないのだ。

体力や精神力が磨《す》り減っても無理はない。

二度までなら、疲れで済む。よく眠れば癒える程度の疲労感で済むのだ。

だが、三度以上は数を重ねるごとに危険が増す。

アイアンローズ姉弟の場合、二度だとしたら十二発。三度だとしても十八発。姉の身を案じるスペキュライトのことだ、二度目だってさせたくないだろう。

そうなると、六発。

日に六回しか攻撃出来ない領域守護者。

それが、彼らが三十九位に甘んじている理由。

総合的な評価は、低くならざるを得ない。

だが、逆に。

日に六回しか攻撃出来ないにもかかわらず、『白』の学舎でも最も優秀な四十名に加わるほどの実力者ということだ。

「牙を剝け！《イグナイト》──グラファイト・ファング！」

十六位のパイロープから、獣のような耳が生える。背中と臀部《でんぶ》の境目あたりから、ぴょんと尻尾が伸びた。彼女はぺろりと唇を舐《な》め、凶猛に笑う。牙が覗《のぞ》く。

彼女の両手の中手骨の先から、獣の爪が伸びている。

「珍しい非実在型ですね。憑依《ひょうい》？　変化？　あぁ、変貌型でも言うべきでしょうか」

変化時に、武器とならないものを非実在型と呼称する。

ヤクモの知り合いで言えば、同居人のモカがそうだ。

パイロープのパートナーも非実在型、ということになるのだろうか。

武器になるのではなく、《導燈者《イグナイター》》の姿を変えるタイプ。

なるほど、変貌型とは言い得て妙に思えた。

「にゃっはは。きみの魔弾も、あたし達《たち》には当たらないよっ！」

銃を握る箇所──銃把──に左手をあてていたスペキュライトが、気怠《けだる》げに表情を歪《ゆが》める。

「そう思うのは、テメェの自由だ」

銃口をパイロープへと向ける。

パイロープはその場にいなかった。

ヤクモは叫ぶ。

「だめだ……！　キャンドルさん！」

明確な警告。本来ならば、試合中のアドバイスなどマナー違反どころではない。

だが、それでも叫ばずにはいられなかった。

だって――。

「……目の良い奴《やつ》がいるな。あぁ、トオミネか」

スペキュライトはその場を動かない。

「やる気がないのかなっ！　だけどあたしは――本気で行くよ！」

凄《すさ》まじい速度を誇るパイロープはフィールドを縦横無尽に駆け巡り、不意にスペキュライトに肉薄する。

彼女達は珍しい近接タイプの領域守護者らしい。おそらくあの爪は魔力防壁を切り裂くほどの高魔力兵装なのだろう。更に彼女は魔力による肉体強化を限界までかけている。

目にも留まらぬ速度と必殺の爪牙《そうが》。

彼女は紛れもなく強者だ。

だが、それはもう、問題ではない。

「……本気だと？　もう終わってる奴のセリフじゃねぇだろ」

「え……」

スペキュライトに到達するより前に、パイロープはようやく自分の身に起きたことに気づく。

彼女の腹部には穴が空いていた。

彼女は自分の腹から大量に流れ出ている血に手で触れ、その事実に戦慄するように顔色を蒼白《そうはく》にする。

「う？　あ、え、あ、な、」

既に勝負はついていたのだ。

銃口を向けた時にはパイロープは消えていた。大半の者にはそう見えただろう。

だが正確には、銃口を向けると同時に弾丸が射出され、パイロープの腹部を貫き、それに気づかぬままパイロープは高速移動を開始したのだ。

重傷を負ったまま全力疾走をしようとした彼女を、ヤクモは止めたのだ。

「どうした十六位、楽しむ余裕も無かったか？」

「……っ」

パイロープは何も言うことが出来ず、その場に倒れる。

人間に戻った《偽紅鏡《グリマー》》が涙を流しながら救護班を呼び、試合はスペキュライトの決着となった。

「テメェら雑魚相手なら、六発でも多すぎなんだよ」

スペキュライトは人間に戻ったネアを腕に抱き、そのままフィールドを後にした。

彼は振り返らなかったが、ネアは最後まで、パイロープの方を心配げに見つめていた。

「……兄さんは、あれが見えたんですか？」

妹が唖然《あぜん》として呟《つぶや》く。

「あぁ。でも手強《てごわ》いよ、必中の弾丸だ。回避しても追ってくる。それを終わらせる為《ため》には弾丸を破壊することで魔法を終わらせるしかない。けど――」

「十六位が纏《まと》っていた魔力防壁、魔力で強化された肉体を一瞬で貫く高魔力……。更にはあの神速。兄さんが反応しても、わたしの方が砕け散りそうですね……」

パイロープの魔力防壁は壊れていなかった。ただ、小さな穴が空いただけ。

「刹那の内に、綻びの見極めと斬撃を行わなければならない」

「……なんでわたし達、いつも『こういうのとあたると嫌だな』って天敵ばかりとあたるのでしょうか」

ぼやきながら、妹の表情は決して曇ってはいない。

「逆境なんて、日常じゃないか」

ヤクモが微笑《ほほえ》みながら言うと、妹は吹き出した。

「あはっ、夜の神様は余程わたし達が憎いらしいですね」

「自分まで斬られるんじゃないかと怯《おび》えてる所為《せい》かも」

「現実にしてやりましょう。まずは、魔弾です」

◇

アイアンローズ姉弟の試合は終わったが、ヤクモ達は次の試合も見ていくことに。

しばし妹と話していると、兄妹に声を掛けてくる者がいた。

「ごきげんよう、ヤクモ、アサヒ。ご一緒してもいいかしら？」

気品溢《あふ》れる金髪の少女。風紀委の会長にして学内ランク第三位・スファレだった。

彼女はモカともう一人の《偽紅鏡《グリマー》》を引き連れていた。

スファレに気づいたアサヒが、露骨に顔を顰《しか》める。

「この超ラブラブイチャイチャな空気が見て取れませんか？　よく声を掛けようと思えましたね。無粋此処《ここ》に極まれり！　人の恋路を邪魔しようなどと、余程馬に蹴られて命を落としたいらしいですねこの巨乳ズ！　巨乳ぐるーぷ！　少しは恥と慎《つつし》みをしりなさい！」

「アサヒ、言葉が悪いよ」

「ほら、兄さんも邪魔だと言っています」

随分と都合の良い耳をしている妹だった。

「相変わらずあなたは面白いですわね、アサヒ」

「はんっ、うちのおっぱいを貸してやったにもかかわらず一回戦で負けるような雑魚上司に気を遣おうとは思わないだけです」

うちのおっぱい発言はともかくとして、最初は拒否していたモカのことを、アサヒはもう家族のように扱い始めている。一緒にいる内に、モカのことを受け入れられるようになったのだろう。

「……アサヒ様っ」

うるうると瞳を潤ませたモカがアサヒに抱きつく。

「ええいやめなさい！　無駄巨乳をわたしに押し付けるな！」

「無駄でごめんなさい。でも私、嬉《うれ》しくて。『うちの』だなんて、お二人に受け入れていただいたみたいで」

「最早《もはや》おっぱい呼ばわりに慣れた……ですとっ」

モカは照れたように笑う。

「まだ恥ずかしいですけど、アサヒ様に言われる分には」

「くぅ、こんなおっぱいに懐かれても嬉しくない！　抱きつかれるなら兄さんがいい！」

妹はモカに任せ、ヤクモは視線をスファレに遣《や》る。

「スファレ先輩もモカさんも、そちらの方もどうぞ。僕らは立ち見なんですけど」

出来るだけ近い位置から見たいという理由で座席には座っていない。

「ありがとう、ヤクモ。そう言えば正式な紹介がまだだったかしら、この子はチョコ」

茶髪の少女はぺこりと頭を下げた。前髪が長く瞳が隠れてしまっているが、見えづらくないのだろうか、とヤクモは思った。

妹が巨乳ぐるーぷなどと叫んだように、彼女の胸部も膨らみに富んでいる。

「よろしく、チョコさん」

彼女はこくりと頷《うなず》く。

「ちっ、乳密度が上がって暑苦しいったらないです」

悪態をつく妹だった。

スファレは慣れたもので、特に反応せずフィールドに目を移した。

「次に出て来るグラヴェル＝ストーンさんのパートナー、ルナ＝オブシディアンさんですが、アサヒに似ているように感じるのはわたくしだけかしら」

そう。次の対戦カードは
学内ランク三十八位ネフレン＝クリソプレーズ
対
学内ランク一位《黒曜《ペルフェクティ》》グラヴェル＝ストーン
だった。

グラヴェルのパートナーであるルナは、どこかアサヒに似ていた。

瞳の色は銀、アサヒよりやや小柄で、目つきが鋭く、白銀の髪の色合いもやや違うが、それでも充分に似ている。

「錯覚でしょう。わたしの髪の方が何億倍も美しいです。ね、兄さん？」

「そうだね。というか、彼女の髪は染めたもののように見えたけど」

「そうなんです！　あの子は元々は黒髪……でっ」

しまったという顔をするアサヒ。

「やはりお知り合いなんですのね。……まさか、ご姉妹とか？」

「詮索好きは嫌われますよ」

明確な拒絶の意思を示した妹に対し、スファレは追求を諦めた。

「ですわね。失礼しました」

必要な情報は充分に得られたというのもあるだろう。

アサヒと似た顔つきに、元は黒髪。

ルナもまた、ヤマトとの混血なのだ。

「ネフレン達が来ましたよ」

ヤクモの声に反応し、みながフィールドに視線を移す。

ネフレンは今日も三人の《偽紅鏡《グリマー》》を連れている。

対するグラヴェルはルナ一人。

一瞬、ネフレンがこちらを見た気がした。

そして、それにつられるようにしてルナがこちらを向く。

アサヒと目が合う。

表情を変えることなく、ルナは視線を逸《そ》らす。

十年前に生き別れた姉のことを、彼女はどう思っているのだろう。

「……どうも思っていませんよ。わたしは、嫌われていましたから」

ぼそりと、アサヒが呟いた。

その横顔がどこか悲しげで、ヤクモはそっと彼女の手を握る。

「アサヒのことを好きな人が、今は沢山いるだろう」

「……うへへ」

「私もアサヒ様のこと、大好きですよ？」

「いや、おっぱいは要りません」

「そ、そんなぁ……！」

涙目になるモカ。

だがアサヒの口許《くちもと》が嬉しそうに綻んでいるのを、ヤクモは見逃さなかった。

素直じゃない妹だ。

フィールドの方では、二組が向かい合ったところ。

「一位だろうがなんだろうが、勝たせてもらうわよ」

ネフレンの言葉。

それに応じたのは《導燈者《イグナイター》》のグラヴェルではなく、ルナだった。

「はぁ？　身の程を知れって感じなんですけど？　三十八位が一位に勝てるわけなくない？　ルナ、おバカさんと戦うなんてイヤなんだけどな」

「順位で全てが決まるなら、こんな大会そもそも意味ないでしょうが」

「だから、そう言ってるし。どうせルナが優勝するんだから、運営費の無駄じゃん。ま、偉い人達《たち》のギャンブルで動くお金の為なんだろうケド」

訓練生たちは自分の実力を示す為《ため》全力を尽くしている。

だが、市井の者や一部の権力者たちは、その勝敗を賭け事にしているようなのだ。

ヤクモの師であるミヤビも、ヤクモの家族を養う金を稼ぐ目的もあってこれに参加している。

「……アンタ、《偽紅鏡《グリマー》》よね」

「だったら何？……ん？　あはっ、そっか。きみってば夜鴉《よがらす》に喧嘩《けんか》売って返り討ちにされてた恥ずかしい子じゃーん。え？　てゆーかまだ辞めてなかったんだぁ？　面の皮あつーい。人類領域の壁並って感じ～」

小馬鹿にしたような笑み。

どれだけ顔の造形が似通っていようとも、彼女とアサヒは違う。

ヤクモは強くそう思った。

嘲笑《あざわら》うような視線で、ルナはネフレンを眺めている。

「差別主義者で雑魚って救いようなくない？　声だけデカイ無能とか、壁の外へどうぞって感想しか湧かないんですケド」

「……好きに言えばいいわ。アタシのやったことは消えない。けど、もう一度アイツらと戦う為にもアタシは――」

ネフレンの言葉を最後まで聞かず、ルナは鬱陶しげに手を振る。

「あ、そういうの要らないし。一回戦のバカ女も誇りがどーとかうるさくってさぁ。きみらの大事にしてるものとか、興味ないっつの。だってそれ、何の役にも立たないでしょ？

その誇りや目的意識でルナとの実力差が覆《くつがえ》るわけ？　有り得ないよ」

一回戦で彼女と戦ったのは、スファレ組だ。

スファレ、チョコ、そしてモカ。

懸命に戦った仲間を馬鹿にするルナに、怒りが募る。

「……傲慢ね」

「きみにだけは言われたくないけどね？　それに分相応な発言のつもり。だって、ルナが最強なんだから。きみこそ傲慢でしょ。最強のルナを前にして、四十位との再戦を口にするんだから、さ」

「アタシは――」

「もういいって。モブとの会話にこれ以上時間割きたくないから、さっさとルナの人生から退場してよ」

歯を軋《きし》ませるネフレンと、それをせせら笑うルナ。

そんな妹を、アサヒはどこか苦しげに見ていて。

そして、試合が始まる。

「イグナイト――グリーンフォッグ・テンペス、スペクトラム・スフィア、セルリアン・ディセーブル」

ネフレンが大剣、大盾、鎧《よろい》を纏う。

「抜剣《イグナイト》――スノーホワイト・ナイト」

グラヴェルが唱えると、ルナはその形を武器へと変えた。

「……やっぱり」

その一言は兄妹両方から発せられる。

ヤクモの場合、それは武器の形状を見て出てきたもの。

ルナは刀身の湾曲した片刃の刀剣へと姿を変えた。だが、それは半月刀とはやや異なる。

見た目だけを無理に変えているように見えるのだ。形態変化の範疇《はんちゅう》で、打刀なのに違うものに見せようとしている。

カタナは、どうしてもヤマトを連想させるから。

髪を染めていることといい、名前を変えていることといい、彼女は余程周囲にヤマトの血が混ざっていることを知られたくないのかもしれない。

「……やっぱり、聞き間違いじゃありません。あの子、銘まで変えてる」

「そんなことって、あるの？」

武器の銘は、相棒である《導燈者《イグナイター》》なら、相手に触れただけで伝わってくるものだ。

だがそれ以外の者は、展開時の呼び名で判断するしかない。

魂の名前を偽るようなことが出来るのか。

「分かりません……でもどうして……綺麗《きれい》な、銘だったのに」

その表情を見て、ヤクモは察する。

ルナがどう思っているかは分からないが、アサヒは今でも妹を大事に思っている。

「んじゃあ、行くよ?」

グラヴェルの様子が変わった。

まるで、ルナが乗り移ったように、ネフレンを嘲弄するような笑みを浮かべる。

「……あの子の魔法です。《導燈者《イグナイター》》の肉体を操る。乗っ取りですね」

ルナはまるで自分一人が戦うような口ぶりだった。

実際、彼女からすればそうなのだろう。

自分で自分を使う。グラヴェルはあくまで肉体の提供者とでも思っているのか。

「《導燈者《イグナイター》》の子は……納得しているのかな」

アサヒは答えない。答えなど分からないのだ。

グラヴェルの身体を操るルナが、笑う。

「ハンデ、あげるよ」

「なんですって?」

「攻撃魔法も魔力防壁も肉体の魔力強化も使わないで、きみに『負けました』って言わせる」

「はぁ?」

「だってさ、むかつくじゃん?　夜鴉にも出来たことがルナに出来ないなんて他の人に思われたくないし」

ネフレンとヤクモは、入校式で衝突し、決闘にまで発展した。

その戦闘では確かに、ヤクモは攻撃魔法も魔力防壁も肉体の魔力強化も使用していない。

「……ふざけた女」

「けってーい。あ、そっちは本気できていいからね」

「言われなくても！」

ネフレンが大剣を中空に走らせる。真一文字に引かれた斬撃は『拡張』され、飛行する斬撃としてルナに向かっていく。

「遅すぎだけど、避《よ》けないであげる」

ルナは剣を正眼に構え、不動。

ネフレンの魔法は剣に触れ、そして砕け散る。

ヤクモの目には、砕け散った魔力の粒子が陽光を反射しながら風に吹かれて消えていく姿が見えた。

そして、魔法が砕かれた理由も。

綻びを斬ったわけではない。

「出来てないじゃない」

「はぁ？　どう見てもきみの魔法は夜鴉の時と同じで斬られたじゃん」

「アンタ、剣に魔力を込めただけでしょう。それってつまり、剣型の魔力防壁と同じ。アイツらのやったことと比べるには、難易度が桁違い。もちろん、アンタの方がしょぼいって意味よ？」

挑発するように、ネフレンが笑う。

「……結果は同じなんだから、いいでしょ」

「えぇ。アンタの《導燈者《イグナイター》》は魔力炉性能が良いのね。羨ましいわ」

「…………馬鹿にしないでよ、雑魚のくせに」

ルナの目が据わる。

直後、彼女がグンッと加速した。

地面がめくれるほどの踏み込みによる急加速は、一般人には瞬間移動に見えるだろう。

「近づけさせるか！」

ネフレンが地面に大剣を突き刺す。

衝撃の拡張だけはない。これは分散、いや指向性の付与か。

衝撃波は三つに枝分かれし、それぞれルナに向かう。

「邪魔！」

それを彼女は魔力だけで薙《な》ぎ払う。

衝撃波を構成する魔力に対し、それを上回る魔力を剣に纏《まと》わせることで相殺したのだ。

魔法が壊れるという結果こそ同じだが、ヤクモ達とは根本的にやり方が違う。

だが、あれだけ強引な方法でも魔力さえあれば魔法は破壊出来る。

むしろ、こちらの方が常識的な光景なのだった。

「三十八位倒すのに、魔法はいらないし！」

ネフレンの魔力防壁も、衝撃の拡張もことごとく破壊される。

瞬く間に、ルナの刃の圏内。

結果はとても残酷に、一つの現実を突きつけた。

才能の差だ。

大剣も大盾も鎧も全て、人間に戻っている。

叩《たた》き切られたのだ。魔力を纏わせた刃に。

ヤクモでさえ、視認するのがギリギリな速度による連続斬撃によって。

斬撃は武器防具を超えて、ネフレンの身をも刻んでいる。

「あはっ！　次は首を刎《は》ねるんだっけ？　でもルナ、非実在化って苦手なんだよね～。降参しないなら、間違えて殺しちゃうかも」

ボロボロになりながらも、ネフレンは屈しない。

「まだ、負けてな――」

大剣の少女に手を伸ばそうとしたネフレンの腕を、ルナが貫く。

「――ッ!?」

「いや、させるわけないし。馬鹿なの？　あ、夜鴉はそれをさせてあげたんだっけ？　あはは、そんなのルナに期待されてもなぁ」

剣を抜き、血振るい。

ネフレン自身の血が、彼女の顔に飛び散る。

あの傷では大剣を握れない。

「もうよくない？　まいったって言ってよ。負けましたって。聞きたいな、きみの敗北宣言。見たいな、白旗振るとこ。きみの情けないとこ、見てみたいな～」

ネフレンは傷口を押さえながら、気丈に笑う。

「……なんででしょうね。アイツらよりアンタの方が才能あるって分かるのに、怖くないのよ」

「は？」

「怖くないの。あの兄妹と違って、強いだけ」

「意味分かんないんですけど!?」

ルナがネフレンの首を持ち上げる。

「……これならどう？　怖くなってきた？　心の底から負けを認められる？　ねぇどう？　あの夜鴉より怖いでしょ？　どうなの？　答えろよッ！」

どういうことかは、分からない。でも一つ分かる。

ルナはアサヒに強い執着があるようだ。兄妹と戦ったネフレンに対し、兄妹と同じように勝とうとしている。姉に出来ることは自分にも出来るのだと証明するように。

そして、ネフレンの怖くないという発言に酷《ひど》く動揺していた。

「か、はっ……」

「呼吸出来なくなる前に、怖がった方がいいと思うけど？」

だが、今のネフレンでは喋《しゃべ》りたくても出来ないだろう。

ルナは完全に平静を欠いている。

「おやめください……！　ネフレンさまはもう——」

「ルナの邪魔をするなら、きみたちも壊してあげようか？」

ネフレンの《偽紅鏡《グリマー》》達《たち》の懇願も、ルナは気にしない。

ヤクモがフィールドに飛び込んで止めようとしたその時。

「ツキヒ！　やめなさい！」

アサヒが叫んだ。

瞬間。

「ルナの名前はそんなんじゃない！」

投げた。

グラヴェルの身体を使って、ルナはネフレンを放り投げたのだ。

アサヒに向かって飛んでくるネフレンの肉体を、ヤクモは受け止める。

全身切り傷だらけだが、なによりも酷いのは首に刻まれた青紫色の手形だ。

観客席に飛ばされたことで場外判定となり、審判によってグラヴェルペアの勝利が告げられる。

学内ランク三十八位ネフレン＝クリソプレーズ
対

学内ランク一位《黒曜《ペルフェクティ》》グラヴェル＝ストーン
勝者・グラヴェル＝ストーン。

だが、それを聞いた彼女の顔は勝者のそれではなく。

グラヴェルの身を操るルナは、アサヒを睨《にら》みつけていた。

「ひどい……」

元パートナーの痛ましい姿に、モカが顔を覆ってしまう。

スファレが急ぎ救護班を呼んでいる。

ヤクモの腕の中で、ネフレンがうっすらと目を開けた。

「……や……く……も……？」

「……あぁ、僕だよ」

「でも、なんで……アタシ、まだ、負けて」

「そうだね。君は負けてない。大丈夫だ、ネフレン」

ルナは人を見下し、嘲り、手を抜いて戦い、弄んだ上で放り投げた。

それでもネフレンは、その絶望的な力を前に屈しなかった。

心が負けていない限り、真の敗北は訪れない。

「はぁ？　雑魚が雑魚慰めてるとか笑える。傷の舐《な》め合いなら壁の外でやってもらえるかなぁ？」

ルナが手すりに立っていた。

グラヴェルではなく、ルナ自身の身体。武器化は解いたらしい。

「訂正しろ。ネフレンは弱くない。僕も、僕の妹だって」

ヤクモが睨みつけるも、ルナの笑みは変わらない。

「おにいさんさ、ルナを使うのはどう？」

「――――は？」

「そこの不良品と違って、ルナなら折れないよ。魔法が使えないのはヤだけど、おにいさんなら魔法無しでも戦えるでしょ？　ちょっと面白いかもって、思わない？」

何を考えているか、まるで分からない。

今の言葉だけで、どれだけの人間を蔑《ないがし》ろにしたのか。

姉を不良品などと宣《のたま》い、ヤクモの十年を面白いかもの一言で片付け、自分の《導燈者《イグナイター》》を捨てる仮定を平気で口にする。

「お断りだ。心を容姿で交わさないように、魂も性能で結び合うわけじゃない。その程度のことも分からないような人間と、組みたいとは思わないよ」

すると、彼女は瞬く間に表情を歪《ゆが》めて、舌打ち。

「はぁああ？　このルナちゃんが、オブシディアン家の人間が、囲ってやるって言ってるんですけど？」

「……可哀想《かわいそう》に」

ヤクモの哀れみの視線に、ルナは怒気を露《あら》わにする。

「あ!?」

「今まで家名の前に膝を屈する者ばかりだったから、気づけていないのか。悪いけど、きみ自身に醜さは感じても、魅力は感じない」

「〜〜〜〜ッ！　なにそれ。なにそれなにそれなにそれ！　はぁ!?　ムカつく！　人間以下の夜鴉《よがらす》のくせにえっらそうに！　たまたま黒点化したからって、その欠陥品がルナより良いわけないじゃん！　馬鹿でも分かるようなことなのに、ほんっと救いようなさすぎ！　理解出来ない！」

「……あと一度でも家族を愚弄してみろ」

「どうなるっての？　決闘？　いいね！　今すぐやろうよ！」

「大会規約によって、予選参加者は期間中の決闘を禁じられていますわ」

窘《たしな》めるようにスファレが言う。

救護班がやってくるのが見えた。

「きみには話しかけてないんだけど!?　一回戦で脱落したモブキャラがルナの邪魔しないでくれる？　端っこの方で黙って見てるのがお似合いでしょ！」

「──ツキヒ、やめなさい」

アサヒが声を掛ける。

「だからッ！　その名前で呼ばないで！　頭悪いの!?」

ルナの取り乱しようは、尋常ではなかった。

「ツキヒはツキヒでしょう。お母さんがつけてくれた名前を、どうして捨てるの」

「きっもいからに決まってるでしょ！　あの女あからさまに夜鴉みたいな名前つけて！　お父様だって賛成してくれたもん！」

唾棄するように叫ぶルナに、アサヒの表情が曇る。

「……お母さんを、あの女だなんて言わないでよ」

「指図すんな！　昔から気に食わなかったんだよ、きみ。オブシディアン家に相応《ふさわ》しいのは、その髪の色だけ！　それ以外は全部ルナにあった。全てにおいてルナが勝ってた！　なのにいつもいつも姉面しちゃって！　ルナはきみなんかいなくても完璧だっていうのに！」

「……なら、どうして今になってわたしに関わろうとするの」

「苛々《いらいら》するんだよ！　あの女と同じ目でルナを見ないでよ！　きみ、ルナを下に見てるでしょ！　有り得ないし！　許せないから！　這《は》い蹲《つくば》って見上げて、自分が下なんだって自覚させたいの！　分かる!?」

「……わたしにどう思われるかが、そんなに重要？」

「な、あ、ち、違う！　ルナはただ雑魚が調子に乗ってるのがイヤなだけ！　黒点化したからって、ルナに勝ってるとか思ってるでしょ？　ゴミはどこまでいってもゴミなんだって教えてあげる！」

もう、聞くに耐えなかった。

駆けつけた救護班にネフレンを任せると同時、ヤクモは動いていた。

跳ぶ。左足で手すりに着地。跳躍の威力を回転に変換、右足での回し蹴りを放つ。

「うっ……!?」

驚愕《きょうがく》と恐怖に歪むルナの顔。

その手前で、ヤクモの足は止まっていた。

「いつ気づくんだ。弱いのは周囲じゃなくて、きみの心なんだと」

「────ッ、きみ、死んだよ」

羞恥に顔を赤く染めたルナが、視線で射殺さんばかりにヤクモを睨みつける。

「試合で、言わせよう」

「あ?」

「きみに『負けました』って言わせると、そう言ったんだ」

「………身の程知らずの大言壮語は、あとで恥を掻《か》くことになるよ? おにいさん」

「いいや、そうは思わない。僕の妹は武器としても人間としても、きみに勝《まさ》っている」

ヤクモは言い切る。

決闘は禁止。故に今ここで彼女と戦うことは出来ない。

だが、宣言することは出来る。

「……どいつもこいつも、その女のどこがいいっていうの。ルナの方が……ルナこそが、完璧なのに」

一瞬だけ、彼女の瞳が悲しげに潤んだように見えた。

だがそれも、すぐに怒りに塗り戻される。

「僕には、程遠く見えるよ」

「目が腐ってるんじゃないの？」

ルナは姉を一瞥《いちべつ》し、それから後ろに倒れ込む。

下に待機していたグラヴェルが彼女を受け止めた。

振り払うようにしてグラヴェルから下りると、ルナはヤクモを見上げて嘲笑を浮かべた。

「きみ達全員、壁の外へ送り返してあげる。夜鴉は夜の闇に還《かえ》さないと」

「……いい加減にしろ」

「ルナとおにいさんがあたるには、そっちが決勝に上がってこないと無理だけど。出来なかったら笑うからね」

自分達が勝ち上がることは確定しているというような口ぶり。

「誰が相手だろうと、僕達は負けない」

「あはは、既におもしろーい。妄言は人種柄？　愛とか根性とか勇気とか！　そういうのが役に立つ時代じゃないから、きみ達は壁の外で数を減らすしか出来ないんだって――まだ気づけてないの？」

「安全圏から吠《ほ》えるのが、随分と好きなようだね」

「天才に生まれるのは罪？」

「きみが思うほど、きみは強くない」

「こっちのセリフ。もういいよ、バイバイ」

会話を打ち切り、ルナは去っていく。

「……ごめんなさい、兄さん」

消沈する妹の頭をそっと撫《な》でた。

「アサヒが謝ることない。勝とう、僕らで」

「はい……えへへ」

妹は笑ったが、その瞳にはまだ妹を心配する色があった。

険悪というより、ルナが一方的に姉を目の敵にしているようだったが、何があったのか。

「それより、あの貧乳が気になりますね。死なれたら寝覚めが悪いですし」

妹の声によって、一行《いっこう》は既に運び出されたネフレンの安否確認に向かった。

◇

ネフレンはなんとか助かった。

大会運営委員には、フィールド外へ魔法的被害が出ないよう魔力操作能力に優れた者達を配置したり、どのような重傷にも対応出来るよう治癒魔法持ちを多数抱えている。

そのおかげもあって、見舞いに行く頃には彼女の傷は完全に治っていた。

ただ、治癒魔法は対象の体力を酷《ひど》く消耗する。

彼女は医務室のベッドに横たわり、自嘲するように微笑《ほほえ》んでいた。

「……アタシは、負けたのね」

スファレは彼女の治療が成功したと知ると、その場を後にした。

今この場にいるのは、ヤクモとアサヒ、そしてネフレンだけ。

「ネフレン……」

ネフレンは上体を起こし、ヤクモを見て微笑した。

「見舞いなんかいいから、次の試合でも観戦しときなさい。でも、ありがとね」

「ネフレン。きみは強いよ。僕が保証する」

「どうかしらね……並の中では、そうかも。けど、それ以上には行けない」

ネフレンが俯《うつむ》き、その手がシーツを強く握った。

「きみは、諦めなかった。諦めない限り、人の歩みは止まらないよ」

「ええ、でも縮まらない距離もあるわ。アタシの全力疾走を、軽々と踏み出した一歩だけで超える巨人。そんな相手に、どう勝つの？」

「…………」

答えを示すことは出来ない。

だって、あるのだ。

才能は、適性は、存在する。

同じだけの努力をしても、個々人で成果は変わる。

それだけでも明らかだ。

自分の十年を、一年で追い越す者だっているだろう。

でも、他人の才能を理由に自分を諦める必要がどこにあろう。

「僕らが証明する」

「……やくも？」

彼女が顔を上げた。

「僕らが、決勝であの二人を倒すよ。不屈の魂は巨人をも倒せるのだと、きみに見せるから。だから、どうかその時は、いつものきみに戻ってくれ」

「いつもの、アタシって？」

「敗北を認められるきみ。過ちを認められるきみ。誇りを重んじるきみ。その上で、次は勝つのだと立ち上がれるきみ。きみの過ちが消せないように、きみの強さも消せない。消させやしない」

ネフレンは不思議そうにヤクモを見た。

「……どうして、そこまで。アタシは、アンタらに……」

「ヤマトにこういう言葉がある、『水に流す』」

「どういう意味、なの？」

「本来ならば胸の中に残る蟠《わだかま》りを、水浴びで汚れを落とすように流してしまおうってこと。

僕はもう、とっくにきみのことを友達だと思っているよ」

　アサヒは面白くなさそうな顔をしているが、口を挟んではこなかった。

「とも、だち。アタシと、アンタが？」

　自分を指で差し、それからヤクモへ指を向ける。

「あぁ。だから、友達があんな風にやられて正直、気が立っている」

「あはは」

　ネフレンが、笑っている。

　おかしそうに。楽しそうに。

　嬉《うれ》しそうに。

「なにそれ、アンタ、ふふふ。お人好《ひとよ》し過ぎるでしょう。普通、あそこまで自分達《たち》を馬鹿にした女を許す？　いや、そういう奴《やつ》だったわね。だって、助けにくるくらいだもの」

　目の端に涙さえ浮かべて、ネフレンは笑う。

　雫《しずく》を指で拭い、それからヤクモを見つめた。

「あのむかつくクソ女をギタギタにしてやって」

「言葉が汚いよ。……でも、承った。僕らに任せて」

　その時、医務室のドアが開いてドタドタと彼女の《偽紅鏡《グリマー》》とモカがなだれ込んでくる。

「ネフレンさま！　ご無事ですか!?」

　みんな、彼女を心から心配している様子だった。

「……意外ですね。こんな女を慕うとか、みんなドMなんですか？」

「アタシ、道具の手入れは欠かさないの。質を保つのに必要なことはなんでもしてるわ。その上で役に立たなければ仕置きをするだけ」

彼女は《偽紅鏡《グリマー》》を、人とは明確に分けている。

でも、冷遇しているわけではない。

決闘の時の暴力は到底許せるものではないが、その時の大剣の少女でさえ、ネフレンに駆け寄っている。

ヤクモ達とは違う関係性を構築していて、当人たちにとってそれは悪いものではない、ということなのか。

「それじゃあ、僕らは失礼するよ」

「あ、待って」

止まる。

彼女は、アサヒを見ていた。

「アイツ、アンタに似てたわよね？」

「……わたしの方がぷりてぃかつびゅーてぃですけど？」

「詮索する気は無いわ。でも一つ忠告。何があったにせよ、アイツはアンタにとんでもなく執着してる」

「……どうも。わざわざ教えてくれて大変助かりました」

「あら、皮肉にもキレが無いわね。アタシより調子悪いんじゃない？」

調子を取り戻したネフレンのしたり顔に、妹がイラッとする。

「貧乳」

「唐突に人のコンプレックスを刺激しないで！　アンタよりマシだし！」

「さぁ兄さん。哀れな貧乳は放っておいて次の試合でも見に行きましょう？」

「ちょ、待ちなさいよ！　絶対アタシの方が大きいから！　勝ってるんだから！」

叫ぶネフレンを無視して、アサヒはヤクモの腕をとって医務室を後にする。

「さっきのネフレンの言葉だけど、僕も同じことを思ったよ」

「あの女の方が胸が大きいと!?」

「いやそっちじゃなくて」

アサヒはくすりと笑ってから、暗い表情になった。

空元気《から》で冗談を口にしたようだ。

「分かってます。でも、分からないんです」

執着を持たれているのは誰の目にも明らか。

だが、その理由はアサヒ自身にも見当がつかない。

「お母さんが死んだ後、わたしはすぐに捨てられて。それ以前は、すごく嫌われていたし。

あ、わたし達双子なんです」

アサヒが四歳だった時は、ルナも四歳だったということ。

確かにそうでなければ——例えば一歳差だとしても——ルナはアサヒを覚えていないだろう。

「嫌いな姉が、壁の外で野垂れ死んでいなかったのが気に食わないのかも」

「そんなことはないよ」

「そうでしょうか」

「あぁ、彼女は許せない。だけど、それだけは言える？」

「何故《なぜ》です？」

「彼女ほど口が悪ければ、言ってる筈《はず》だろう？ 『なんで生きてたの？』とか『死んでなかったんだ』とか。姉のことを本当に嫌いなら、そういう言葉が出ている筈だ」

「………壁の外へ、追い返すって」

「それは僕へ向けての言葉だ。あの子はとても、歪《ゆが》んでいるけれど。姉の死を望むほどに酷くはない。きみへの執着は、憎しみではないと僕は思うよ」

それどころか、逆だとさえヤクモは感じていた。

だが、そうだとしてもあの態度は許せない。

「勝って、聞き出そう」

「まずは、勝つんですね」

「そりゃあね。いくらアサヒの妹でも、言っていいことと悪いことがある」

「ですね。十年ぶりに、姉面をしましょうか」

「手伝うよ」

「はいっ」

第二章　ナイトウォーク・ナイト

その日の試合が全て終わった後も、ヤクモ達は会場に残っていた。

伝達員がやってきて、ミヤビからの伝言を残したからだ。

『そこで待ってろ』というシンプルなメッセージに従い、兄妹は待っていた。

観客が帰り、大会運営も去った後。

その場には話を聞きつけた風紀委と、トオミネ兄妹、あとは数人が観客席にいた。

「……あの雌狐《めぎつね》、用件を伝えずにただ待たせるとはなんて常識が無いのでしょう！」

ぷんすか怒る妹。

「まぁ、師匠だからなぁ」

「兄さんはあの雌狐に甘いんですよ！　なんなんですか、おっぱいですか。巨乳だからですか！」

「アサヒはよくそう言うけど、僕は女性を胸部で判断したりしないよ。ましてやその大小で態度を変えるなんて。本気でそう思われているんなら、悲しいな」

落ち込む兄を見て、妹はやや慌てた様子でフォローを入れる。

「わ、わたしだって兄さんがそんな最低な人間だと本気で思っているわけではありませんよ。信じていますとも」

「そうだと嬉しいんだけど」

「ほんとですって。それはそれとして、ですよ？　兄さんはおっぱいが揺れると視線が下がるんですよ……！」

「…………」

ヤクモは発言を避けた。

くぅ、とアサヒが悔しそうな声を上げる。

「この十年、わたしの胸をちらりと見ることさえしなかった兄さんが！　ちょっと出っ張っただけのあれが！　たかがたゆんと揺れたくらいで容易《たやす》く視線を奪われる！　この苦しみが分かりますか！」

「いや、それは、違うんだよ」

「何が違うというんですか？　見てますよね？　視線、吸い寄せられてますよね？」

「動くものを咄嗟《とっさ》に目で追ってしまうだけで、女性の胸だからとか、そういうことじゃあないんだ」

些細《ささい》な動きも見逃せない極限状態での戦闘を長年続けてきた。その癖のようなものだった。

断じて。

断じて助平心などではないのだ。

「へぇ～そうなんですか～～」

「信じてると言いながら、やっぱり疑ってるよね？」

「いえ、信じてますよ」

「どうかな」

と、そこで妹は悪戯《いたずら》っぽい笑みを浮かべる。

「兄さんが巨乳趣味でないことは明らかです。だって、ぬふふ、兄さんが好きなのはわたしなんですものね？」

あの日から、それはもう妹が大好きなネタである。

なにかにつけて話に出そうとするのだ。

ヤクモとしては、なんともやり辛《づら》い。

が、そこは兄としての威厳もある。

「そうだね」

最近は笑って流せるようになっていた。

「ぬふ」

それさえも妹は喜ぶ。

「おぉ、待たせたな」

師匠がようやく到着する。

というか、空から降ってきた。

火炎を散らしながらフィールドの中心に降り立った彼女は、展開したチヨ——千夜斬《せんやざん》獲《かく》・日輪《にちりん》――の峰を肩にあてるように構えている。

観客席にいた兄妹は飛び降りて、師匠に近づいていった。

「ん？　なんか他にもいやがんな」

「《黎明騎士《デイブレイカー》》が来ると聞いて、ひと目みたいと思ったんじゃないでしょうか。風紀委や《班》でお世話になってる方々もいるので、師匠さえご迷惑で無ければ」

「あたしが見られる分にゃあ構わねぇが、お前らはいいのか？」

師匠が此処《ここ》で待てと伝えてきた時点で分かっていたことだ。

稽古《けいこ》をつけてくれるのだろう。

それを見られるということは、ヤクモの実力や、修行で摑《つか》んだ何かも見られるということ。

対戦相手になるかもしれない相手に、手の内を晒《さら》してしまうということ。

「出来れば避けたいです。けど、他の人の試合を見てるのは僕も同じだ。注目してくれるというなら、わざわざ追い出しはしませんよ」

「はっ、生意気言うようになったじゃねぇか。いいぞ、その方が面白れぇ。じゃあやるか。……の前に、おい栗毛《くりげ》の坊っちゃん！」

師匠が声を掛けたのは、観客席にいたトルマリンだ。

「……私達に何か御用でしょうか？」

トルマリンが言うと、隣にいたマイカが嬉《うれ》しそうに表情を綻ばせた。

私達、という部分に反応していたようだが……。

「おう、確かとろまろんと真イカっつったか」

「……私はトルマリンと申します。パートナーはマイカで合っていますが」

「そうか。やけに食い合わせが悪そうだなとは思ってたんだ」

「は、はぁ……」

常に微笑を絶やさないトルマリンも、さすがに困惑している。

ミヤビは自然体だ。

「お前さんの魔力操作能力は大したもんだ。見物料だと思って、フィールドと観客席を区切っといてくれや。あんまし壊して、ドヤされたくねぇ」

トルマリンが苦笑して、了承。

「承りました。《黎明騎士《ディブレイカー》》の魔力を受け止めきれるかは分かりませんが、我々も焼け死にたくはないですから」

「おう、頼んだぜ」

ミヤビの視線が兄妹に戻る。

「アサヒは黒点化した。《黎明騎士《ディブレイカー》》の最低条件とでも言うべきもんはクリアしたわけだ。でもお前らは訓練生だ。まだまだヒヨッコ。あたしらと並ぶにゃ足りんもんが多すぎる」

「分かっています。今日も、あれですか」

ミヤビは師だ。

教え方は、言うなればゴリゴリの実践派。いや、実戦派とでも言うべきか。

ネフレンを助けに行った時、彼女は炎の奔流でヤクモらまで飲み込もうとした。

冷静に対処し用意された綻びを切れたから良かったものの、出来なければ死んでいた。

最適解さえ選べば成長出来る。

けど、出来ない奴《やつ》は死ぬ。

彼女から学ぶのは、いつだって命懸け。

《黎明騎士《デイブレイカー》》に教えを請おうと考える者は多い。

だが彼女に弟子入り志願をした者は、その考えを即座に捨てることになる。

いかれているとか、まともじゃないとか、色々言って去っていくのだとか。

でもヤクモとアサヒは違う。

命懸けは、単なる日常。

怖くとも、辛《つら》くとも、逃げられぬ日常だったのだ。

だから。

「おう。赫焉《かくえん》を使いこなせるかどうかが今後の勝敗を分ける。あたしを殺す気で来い。あたしはお前らを半殺しにする気でいく。優しいハンデだろう？」

本当にそう思っているらしく、ミヤビは優しげに微笑《ほほえ》んでいる。

「あの女……容赦なく兄さんをボコボコにするから嫌いなんですよ」

「そりゃあ僕だって痛いのは嫌だけど、もっとちゃんとアサヒの力を引き出せるようになりたいから」

「……兄さん、こんな時に胸を打たないでください。夜這《よば》いしますよ?」

「冗談は後で、死んでなかったらね」

「死なせませんよ、絶対に」

アサヒが手を伸ばす。握る。

「抜刀《イグナイト》――雪色夜切《ゆきいろよぎり》・赫焉《かくえん》」

純白の刀に、純白の粒子。

「来い、弟子共」

師の周囲から、豪炎が噴き上がった。

◇

魔物に侵され滅びた都市を、俗に廃棄領域と呼ぶ。

廃棄領域【ヴァルハラ】にはだが、まだ生きている人間達《たち》がいた。

そのことを、逃げ延びた人間は知らないだろう。

魔獣は人であるというだけで無差別に喰《く》らうが、魔人には知恵がある。

人間と同等以上の知能を有する。

【ファーム】と名を変えた廃棄領域において、人類は家畜とされていた。

例えば、単純な労働力として。

例えば、魔力源として。

例えば、慰み者として。

例えば、食料として。

魔人と人間の容貌に大きな差は無い。

魔人の側頭部に角が生えていることを除けば、無いと言ってもいい。

かつては大敵だった。殺し合わずにはいられない天敵だった。

だがそれも、はるか太古に過ぎ去った歴史に過ぎない。

現在、人類は絶滅に瀕《ひん》した種でしかなく。

それを保護するか殺すかは、魔人の気分次第だった。

「ほう、一匹も、か」

模擬太陽の真裏、あるいは真上。

屹立《きつりつ》する壁から、蓋をするように伸びた四本の柱は、巨大な模擬太陽を支えていた。

天蓋のような太陽は、既に機能を停止して久しい。

その上に、椅子が置かれている。

腰掛けるのは、人間で言えば二十代半ばほどの青年。

その前に膝をつくのは、部下である女の魔人。

「はっ……。魔獣の指揮を任せた者も帰らず……殺されたものと見られます。おそらく、

《黎明騎士《デイブレイカー》》を抱える人類領域かと」

野良の魔獣は、光を見るや餌があると判断し駆け出す。

皮肉にも、模擬太陽から漏れる光が魔獣を引き寄せているわけだ。

だが、仮に偽りの太陽を掲げずとも魔族は人間を見つけ出す。

青年がやっているように、魔獣の群れを全方位に放ち、一定の距離で成果を得られなければ一部を帰投させる。

だが今回はある方角、ある地点以降、帰投する魔獣がゼロになった。

残らず討伐されたのだ。

「テルル、貴様に任せよう」

「……はっ、クリード様。よろしいのですか？」

「戦力は好きに使え。あぁ、家畜を使っても構わん」

テルルと呼ばれた魔人は感極まったように身を震わせた。

「必ずやご期待に応えてみせます……！」

「そうしろ」

クリードは正直、飽きていた。

これまで四人の《黎明騎士《デイブレイカー》》を殺してきたが、どれも歯ごたえの無い雑魚ばかり。

ただ一度、死を覚悟したことがある。

唯一自分が殺せなかった《黎明騎士《デイブレイカー》》。

黒い髪をした、あの人間。

奴らと戦えるならば別だが、そうでもなければ人類狩りなど暇つぶしにもならない。

地上より僅かに天に近い玉座にて、クリードは永遠の闇夜を見上げる。

退屈だ。

◇

ヤクモはへろへろだった。

言わずもがな、師匠のしごきによるものである。

死にかけ、救護班に治療してもらい、治るやいなや師匠にフィールドまで引き摺《ず》られ、また半殺しにされ、救護班に治療してもらい。

というのを延々と繰り返した。

「今日はここまで。また暇ん時来っから。今回も死ななくて偉いぞ、さすがあたしの弟子だ！」

死ななくて偉いぞという褒め方も中々あれだと思う。

「大丈夫ですか、兄さん」

妹の心配するような声。

治癒魔法は対象の体力を消耗する。繰り返し治癒魔法を掛けられると、傷は治ってもとてもつもない倦怠感《けんたいかん》に襲われるのだ。

その所為《せい》で寮まで帰る力も無く、妹に肩を貸してもらっているのだった。

「うん……。やり方はあれだけど、さすが師匠だよ。僕にはセンスが無いから、赫焉《かくえん》もやっぱり感覚で動かすとズレが大きいんだ。もっと、それこそ自分の身体の延長のように考えて動かしていかないと」

だがそれは、右利きの人間が、左手を同等のレベルまで動かそうとするようなもの。

赫焉《かくえん》に至っては、難度はその数百倍にもなるだろう。

「訓練しかないよなぁ。師匠の稽古以外でも練習したいから、付き合ってくれるかい？」

なんとか寮の前まで到着。

「わたしは構いませんが、兄さんが心配です」

「遣い手が無能な所為で、きみの性能を充分に引き出せないなんて嫌だからね」

妹は優しげに微笑む。

「兄さんは既に最高の剣士ですよ」

「ありがとう。でも僕らは領域守護者なんだ。アサヒが進化した以上、僕だけ剣士のままではいられない。いつかアサヒに、最高の《導燈者《イグナイター》》だって言わせてみせるよ」

妹に笑いかける。

肩を貸してもらっているからか、いつもより顔が近い。

妹の顔が赤くなった。

「………兄さんは、ほんとうにわたしが大好きですねぇ」

妹の素直な反応は逆に困った。

からかわれれば流せるのだが、照れたように言われるとこちらも恥ずかしくなってしまう。

幸いドアが近い。

部屋の中に入れば、モカもいるはずだ。

ヤクモが触れる寸前で、ドアノブが捻《ひね》られ、開かれた。

「おかえりなさいませ！」

「あっ、っと」

ドアノブを摑《つか》もうと手を伸ばしたヤクモの身体は流れ、疲労困憊《ひろうこんぱい》なこともあり上手《うま》く軌道修正も出来ず、たたらを踏む。

「兄さん……!?」

結果。

「はわわっ……ヤクモ様っ!?」

「むっ」

――柔らかい。それに甘い香りがする。

「く、くすぐったいですっ……！　も、もちろんヤクモ様がお求めになるなら、私はいつでも応じる構えではありますが……！」

「なにぉ！　このおっぱい！　拾ってやった恩を忘れるとは！　敵は我が家にあり！　兄さんをつけねらう不届き者はこのアサヒが成敗してくれる！　そこへ直れぇ！」

「ち、違いますよぉ……！　私はアサヒ様のご要望にだってお応えするつもりでっ」

「ならば言おう、乳を置いてゆけと！」

「出来ないです～！」

「いいから、まずは兄さんを離しなさい！　こら抱きしめるな！」

「だってヤクモ様、大変お疲れのようですから」

モカにそっと抱きしめられる。

胸に顔を埋《うず》めている羞恥はあるのだが、上手く動けないのだ。

「わたしが！　疲れた兄さんを癒やすのはこのわたしの役目なのだ！」

「アサヒ様もお疲れでしょうし、お風呂をどうぞ」

「追い払おうとしている!?　さては貴様、腹黒おっぱいだな！　兄さんを奪われてなるものかー！」

ああ、疲れはとれそうにないな、と。

ヤクモは諦めた。

◇

領域守護者の訓練生にも、休日はある。

週に一日の休息日。

普段のヤクモであれば家族のところに顔を出すのだが、今日は呼び出しがあった。

伝達員づてに、学舎のグラウンド集合とのこと。

ヤクモはアサヒと共に、指定場所へ向かう。

同居人のモカも、スファレの《偽紅鏡《グリマー》》として召集を掛けられていた。

到着すると、既には多くの訓練生が集まっている。

大半がランク保持者で、かつ予選脱落者だ。

「おぉー！　きみも来てたんだなー！　ヤクモくん！」

ぶんぶんと手を振りながら近づいてきた少女に、ヤクモは見覚えがあった。

先日スペキュライトとネアのコンビに敗北した、学内ランク第十六位《獣牙》のパイロープだ。

ニカッと口を広げた笑みによって、八重歯が覗《のぞ》く。

「こんにちわ、キャンドルさん。怪我《けが》はもういいみたいですね、よかったです」

パイロープは試合で腹部を弾丸で貫かれていた。その傷はもう癒えているようだ。

彼女の《偽紅鏡《グリマー》》は、パートナーの影に隠れるようにして立っている。

「そうそう！　そのことで、きみにどうしても感謝しておきたかったんだ！」

「感謝、ですか？」

「うん！　きみはスペキュライトくんの攻撃が見えていて、その上であたしを心配してくれたんだろう？　あたしはそれが聞こえてたんだ！　でも無視した！　その所為で馬鹿みたいに血を流して倒れちゃってさ、恥ずかしいったらないよ！」

スペキュライトとネアの魔弾は凄《すさ》まじかった。

ほとんどの者には撃ったことも当たったことも気づかせないほどの神速。

撃たれたパイロープさえ、そのことに気づくまでに時間が掛かったほど。

人の知覚を超える弾丸。

「そんなことはないですよ。あれは速過ぎます」

「あはは。次やる機会があったら絶対切り裂くって決めてるんだー！　まぁそれはともかくとして、きみの優しさに感謝だよ、ヤクモくん！」

彼女がヤクモの手をとって、ぶんぶんと握手する。

彼女の豊満な胸が大きく揺れた。

妹が舌打ちする。行儀が悪い。

「いえ、気にしないでください。よく考えれば、マナー違反どころではないですし」

「あー、助言は禁止だもんね！　でもきみは、それよりもあたしが死んじゃわないか心配して声を掛けてくれたわけだっ。だから、やっぱりありがとう！」

彼女の真《ま》っ直《す》ぐな感謝を擽《くすぐ》ったく感じながら、ヤクモは微笑《ほほえ》む。

「どういたしまして」

「ヤマトの人って、みんなきみみたいに良い人なのかい？」

「僕の家族の方が、余程良い人達《たち》ですよ」

パイロープは目を瞬かせ、それからからからと笑う。

「あたし、きみのことが気に入っちゃったなぁ」

「ヤマト民族ですよ」

「だから？」

全体で見れば少数派だが、ヤマト民族に差別意識を持たない者もいる。

いや、周囲に流されない強者がいるという方が正確か。

彼女はその一人らしい。

「申し訳ないんですけど！　兄さんはとっくに売約済みなので！　わたしが予約してるので、そのあたりご了承くださいね、おっパイロープさん」

「おっぱいロープじゃなくて、パイロープだぞー！　名前を間違えないでくれよなー！」

「すみません、ついカッとなって」

カッとなっても普通人の名前は間違えない。

「おい、そこの馬鹿共！　《黎明騎士《ディブレイカー》》様が来てやってるってのに私語とはいい度胸だなぁ！」

いつの間にか、ミヤビの姿があった。

隣にはチヨもいる。

集まった全員の視線がミヤビに集中する。

「うぉー！　本物の《黎明騎士《デイブレイカー》》だー！」

パイロープは大興奮。

「言った側《そば》から無駄口叩《たた》くな！　えぇと……お前は……おっぱいロープ？　けったいな名前だな」

チヨに差し出された紙の資料に目を通したミヤビが言う。

「パイロープだぞ！　です！」

短時間に二度も名前を間違われたパイロープが、悲しげに訂正する。

師匠はヤマト以外の名前を覚えるのが苦手だ。

「まぁ、いい。とにかく休日の朝からよく集まってくれたぞお前ら。暇なのか？　若い内にしか出来んことも多い、ちゃんと遊んだ方がいいぞ？」

「………」

困惑する一同。

「師匠が呼んだんでしょう」

「おぉ！　よくぞツッコんでくれたな愛弟子《まなでし》よ！　いやぁ、一瞬スベったかと思ったぜ」

「ええ、盛大に」

「というわけで、だ！」

師匠は無視した。

「今日お前らを呼んだのは他でも無い。ちょっとした事情があって訓練生から戦力を募ることになったんだが、お前らはその候補だ。壁の外で魔族をぶっ殺しまくりたいって奴《やつ》は残ってくれ。そうじゃない奴は休日を満喫してもらって構わん」

　帰る者は、いない。

「質問をしても、よろしいでしょうか？」

　スファレが手を挙げる。

「構わねぇぞ。にしてもこの学舎の奴らは発育がいいのばっかだな。アサヒが哀れになるぜ」

　ヤクモの隣で妹が殺意を迸《ほとばし》らせる。

「…………あの雌狐《めぎつね》、殺す」

「抑えて、アサヒ。師匠はあぁいう生き物なんだ」

　こほんと咳払《せきばら》いして、スファレが質問する。

「大会予選で勝ち抜いている者は、ヤクモとアサヒ以外に見られないようですが」

「おう、勝ってる奴らは次の試合への調整が必要だろう。でも負けたお前らに遠慮はいらねぇ。つまりそう！　強くて暇そうなやつに声を掛けたってわけだ。あたしってば気遣い上手だなぁ」

　全員が微妙な顔をする。

「じゃあわたし達は何故《なぜ》呼び出されたんですか？　勝ち抜いてるんですけど」

アサヒが不機嫌そうに尋ねると、ミヤビはあっけらかんと答える。

「え、弟子なんだから師匠を手伝えよ」

「…………」

「これぞ美しい師弟愛だわな」

あっはっはと笑うミヤビ。

「多分これも修行の一環なんだよ、アサヒ。そう思うことにしよう」

ヤクモは妹の背中をさすって励ます。

「とりあえず《班》がある奴らはそれで固まれ。最初から連携がとれるなら、それに越したことはねぇからな」

ヤクモとアサヒ、トルマリンとマイカ、スファレとモカとチョコが集まる。

ラピスとイルミナ、まだ見ぬ風紀委二組は試合を勝ち進んでいるので、この場にはいない。

パイロープが手を振って離れていく。

「オレらも参加させろ」

現れたのは、スペキュライトとネアだ。彼女の車椅子を、スペキュライトが押している。

ミヤビは怪訝《けげん》そうな顔をした。

「あん？　お前さんは確か勝ち進んでるだろ。呼んでねぇが？」

「寮が騒がしくてな、なんだと来てみりゃ面白ぇことが起きてる」

「何が面白いって？」

言いながら、ミヤビは愉快げだ。

「《黎明騎士《デイブレイカー》》の許《もと》で戦える。そんな機会を逃せるかよ。トオミネも出るなら尚更《なおさら》だ。これなら、公平だろう？　師としちゃ、そっちの方がいいんじゃねぇか？」

詳細は不明だが、魔族との戦いであることは明かされている。

姉弟が参加すれば、ヤクモ達だけが疲弊した状態で二回戦に参加することは無い。

その時はスペキュライト組も同等に疲れた上で試合に臨むことになるだろう。

「好きにしな」

スペキュライト組を筆頭に、《班》を組めていないものや、充分な数が揃《そろ》っていないものもいるが、師はひとまず周囲を見回した。

「これからあたしが言うことは他言無用だ。正式に緘口令《かんこうれい》を敷く。破ったら退学どころじゃねぇぞ、肝に銘じろ。でだ、もうすぐ魔人が来るんだわ」

「――――」

絶句する一同に、師匠は平然と言い放つ。

「頑張ってぶっ殺そうぜ、な？」

場が沈黙に包まれた。

魔人は脅威順に特級、一級、二級と続き、五級まで分けられている。

最も下級の五級魔人ですら、正隊員の《班》複数であたらねばならぬ相手。それも、死者が出ることを覚悟せねばならない。

強さが不明の魔人が襲ってくると言われて、平静ではいられないだろう。

場に混乱が広がる直前、スファレが手を挙げた。

「あ、あの、……アカザ様」

彼女が言いにくそうに、だが誰かが言わねばと手を挙げる。

「おぉ、またお前さんか。いいぞスフレ」

「スファレですわ」

「そうか。折角美味《うま》そうな名前だと思ったんだがな……」

スファレは、こほん、とわざとらしく咳払い。

「魔人襲撃が予想されるのだとして、それは正隊員の領分ではないでしょうか？」

ヤクモとアサヒは、これまでに二度、魔人戦を経験している。

一度目は壁の外で暮らしていた時期。三日三晩戦い続けた末になんとか勝利したが、あれも魔人の中では下級だろう。

つい先日、ネフレン組との行動中に遭遇した魔人も、師いわく良くて四級だとか。

奇跡的に魔人戦を生き延びてきたヤクモだが、それで自分達の実力を驕《おご》ることはない。

一手間違えれば自分も妹も殺されてしまう。

魔人がそんな強敵であることは変わらないのである。

「まぁ、魔人単体ならな。だが今回は魔獣の支配数から考えて、おそらく二級指定以上の魔人が関わってる。そうなるとこの【カナン】は、壁をぐるっと魔獣に囲まれちまうわけだ。あたしらとヘリオドールんとこで二方向を担当するつもりだが、正隊員っつっても『白』だけじゃ総動員しても足りるか分からん。なにせ、このパターンはあれだ。都市が滅びる時の動きだかんなぁ」

　都市が滅びる。

　現実としては、知っている。座学でも触れられる歴史だ。

　人類領域は数を減らし続けている。

　普通に考えれば分かる筈《はず》なのだ。

　この【カナン】も例外ではないと。

　だがミヤビは以前言っていた。分かっているのに、誰も直視はしていないのだと。

　実際、動揺している者も多かった。

　いずれくるものだと知識として理解しても、いざ現実として迫ってきた時に実感が湧かない。

　慌てていないのは、極《ごく》一部の人間だけ。

「緊張することぁねぇよ。お前らの主な役目は正隊員のサポートだ。魔人はあたしらが責任を持って担当するさ。普段より数の多い魔獣狩りってとこだな」

　普段は風紀委や執行委、正隊員に目を掛けられた一部の訓練生のみが参加する『任務』だが、今回はミヤビの権限でこの場にいる者に任務への参加を許可するとのこと。

「士気を上げる為《ため》に適当なことを言うことも出来るけどな、しねぇよ。だって必要ねぇだろ？　お前らは『白』を選んだ！　壁の縁《ふち》に座ってるだけの『青』でも、壁内の見回り係『赤』でも、秘密主義で何やってるか分からん『光』でもなく、壁の外へ出てクソ共を狩り尽くす『白』をな！　その時点でお前らは英雄だ。英雄に今更何かを説くほど、あたしゃ馬鹿じゃねぇ」

実にミヤビらしい発破の掛け方だ。

何も言わないと言いながら、その言葉こそがなによりも士気を引き上げると知っている。

事実、揺らいでいた者達の瞳に決意が灯《とも》っていた。

そう、『白』を選んだ者達は戦うことを自らの手で選んだ者。

戦意自体は胸の内に既にある。

ひとたび状況を受け入れれば、後は心に火を入れるだけ。

訓練生達の顔を見回して満足げに頷《うなず》いたミヤビは、話を続ける。

「んでだ、その為にも、まずは《班》を作ってもらう。四、五組で一班ってのが理想だな。まだ出来てねぇとこが多すぎる。おら、さっさと動け！」

四組から五組、か……。

この場にいる風紀委はヤクモ組、トルマリン組、スファレ組で三組だ。

あと一組か二組、仲間を集める必要がありそうだ。

「ね、ねぇ。アタシを入れてよ」

緊張した面持ちでやってきたのは、学内ランク三十八位――ネフレンだった。

「あぁ、性格悪すぎるし夜鴉《よがらす》に負けたしで、他に組んでくれる人なんていないですもんね？」

「うっ……。そ、んなんじゃないし。役に立つ自信なら、ちゃんとあるし！」

妹は人を弄《いじ》る時にとても生き生きとする。

ヤクモはそっと妹の口に手をあて、これ以上のイジリを阻止。

アサヒはムッとするどころかニヤリと微笑《ほほえ》み、ヤクモの手のひらに可愛《かわい》らしく唇を押し当てた。

ヤクモはそっと手を離す。アサヒがニヤニヤしていた。

「そうだね、ネフレンなら頼りになるよ。と、僕は思うんですけど」

先輩方を見る。

「私は構わないよ。ヤクモとアサヒに負けたのは、私たちも同じだ」

「トルがいいなら、うん、ぼくもオーケーだよ」

トルマリンとマイカが頷く。

「……あの二人、確実に上ってますね」

妹が小声で呟《つぶや》く。

「のぼってる？」

初めて見た時は大人しそうな印象を受けたマイカだが、ここのところ、よく笑うようになった。心なしか二人の距離感も縮まっているように見える。

妹は悔しそうに爪を嚙《か》む。

「大人の階段的なものですよ。くっ、負けたことで関係が進展するとは羨ましい……！」

続けたい話題ではなかったので、ヤクモは妹をそっとしておいた。

「わたくしも構いませんわ。元より、優秀であることは存じていましたもの」

スファレは優美に微笑む。

そういえば、ヤクモとネフレンの内、決闘で勝った方を風紀委に迎え入れると言ったのは彼女だ。

ネフレンが勝つことも有り得たわけだから、そもそも入れるだけの価値はあると思っていたのか。

チョコがこくりと頷き、モカも「もちろんです！」と嬉《うれ》しそうに笑う。

「あ、ありがと……」

ネフレンが頰を搔《か》きながら、照れたように言う。

彼女の《偽紅鏡《グリマー》》三人も、嬉しげだ。

これで四組。

見れば、他の者達《たち》も続々と《班》を構築していっている。

そんな中、孤立しているペアも。

「……ねぇスぺくん」

「なんだ姉貴」

「私達、スペくんが不良さんな所為《せい》で避《さ》けられてるみたいなんだけど」

ネアが目を虚《うつ》ろにして呟く。

「オレの所為か」

彼らの周囲にだけ人がいなかった。

「だってスペくん、お姉ちゃんに近づく人を殴るじゃない」

「姉貴を笑うからだ」

「手伝おうとしてくれた人達もいたよ」

「『身体が不自由な奴《やつ》に優しくする自分』に酔ってるクソ共だろ。姉貴は手軽に自尊心を満たす道具じゃねぇんだよ」

「スペくんの愛が深くて重いなぁ」

やれやれと、ネアは満更でもない様子で肩を竦《すく》める。

「チッ……。あぁ、だがそういや、不愉快じゃねぇ奴らもいたか」

スペキュライトがこちらを向く。

「あぁ、そうだよ！　アサヒちゃんとヤクモくんがいたね！……でも入れてくれるかな。スペくん態度悪いし、三十九位だしなぁ」

「うるせぇ。それを言うなら見ろ、四十位と三十八位もいんだろ」

スペキュライトは姉の車椅子を押してこちらまで近づいてくる。

頭を下げる。

「頼む。お前らの《班》に入れろ」

「あ、入れてください。スペくんは頼み事が苦手で……これでも精一杯頑張ってるんですよ～」

アサヒが即答した。

「もちろんですよ！」

実力的には申し分無い。

「六発って制限も、トルがいるなら大丈夫だよね？　再展開で生まれる隙を《無謬公《むびゅうこう》》ならフォロー出来るもんね？」

マイカが試すように言い、トルマリンが「あぁ」と頷く。

「アタシも入れてもらった立場だし、文句は無いわ」

「えぇ、わたくしも歓迎いたしますわ」

賛意を得られたので、ヤクモはスペキュライトに微笑みかける。

「もちろん僕も歓迎するよ。よろしくスペキュライトくん、ネアさん」

「……よろしく頼む」

「よろしくお願いします～。スペくんは誤解されやすいだけで本当は良い子なんですよ～」

「姉貴、黙れ」

「だって、これを機にスペくんのこと理解してくれる人が増えたらいいなって」

「恥をかかせるな」

「酷《ひど》い！　弟想《おも》いのお姉ちゃんを恥だなんて！」

ともあれ、これで五組揃《そろ》った。

◇

「大丈夫ですか？　ヤクモ様。お加減がよろしくないようですが」

翌日の昼休み。

いつもの木陰で、モカが心配の声を上げる。

「うん、大丈夫。心配してくれてありがとう」

正直、とても疲れていた。

相変わらず座学や魔力を必要とする実技では劣等生であるし、師から修行をつけてもらい、その後は臨時《班》で訓練を行い、それとは別に赫焉《かくえん》の扱いを練習している。

倒れるほどではないが、壁の外にいた時よりもやるべきことは増えている。

「壁の外ってとても寒いんですよ。特に模擬太陽の灯《あか》りが落ちた後なんてもう酷くて。だからわたしと兄さんはいつも寄り添って寝ていたんです。兄さんの心臓の鼓動が子守唄でした」

「でしょう？　さすがはネアさん。でもですね？　最近兄さんとわたしは別々に寝ているんですよ。酷くないですか？」

「あらあら～。でも壁内は風が無い分、消灯後もそこまで寒くはないんじゃないですか～？」

「心が凍えそうなんです！　あなたなら分かるのでは？」

「分かります～。小さいころは姉ちゃん姉ちゃんと甘えてくれていたんですけど、最近はもう冷たくて～。お風呂とかも一緒に入ってくれなくなって、時の流れって残酷ですよね～」

「そう！　そうなんですよ！　昔はぎゅうっと熱く抱き合って眠ってたのに、今や別室ですよ。愛の冷めた熟年夫婦じゃあないんですから、気持ちが変わらない以上一緒でもいいと思うんです！」

「ですね～」

妹との会話に花を咲かせているのはネアだ。

アサヒが誘い、姉は喜んで、弟は渋々乗った。

「スペくん。私達も昔みたいに一緒に寝ちゃおっか？」

「ふァ」

「欠伸《あくび》!?　昔はお姉ちゃんの話をちゃんと聞いてくれたのに……これが、反抗期っ」

悲しげに身体《からだ》を震わせるネア。

「お互い男の側が素直じゃないと大変ですね」

「ですね～」

目許《めもと》をひくつかせたスペキュライトがヤクモをちらりと見た。

「……おまえは、どう対処してる？　この面倒クセェの」

「ある程度は流すかな」

「あぁ。だがこう……あんだろ、限界みてぇのが」

ぞんざいに扱われるのにも許容量があり、限界を超えると怒るのだ。

それはネアもアサヒも同じらしい。

「そうなったら、観念して本音で話すしかないね」

「……どこも同じか」

「じゃあ、スペキュライトくんもなのか」

彼は馴《な》れ合わないといったが、ヤクモはこの瞬間彼と何かを共有出来たような気がした。

「ヤクモ様」

モカの声に、ヤクモは欠伸を噛み殺し、視線を遣《や》る。

「どうしたのかな」

見れば、彼女は正座の姿勢で、膝の上をぽんと叩《たた》いた。

「あ、あのっ、午後の授業もありますし、少しでも疲れがとれればと思いまして。よろしければ、私の腿《もも》をお貸ししますっ！　まくらの代わりにはなるかなと！」

確かに疲れているし、普段ならしない欠伸も漏れ出てくる。

とはいえ、色々と問題があった。

周囲の目もあるし、ヤクモ自身の羞恥心もあるし、なにより。

「……ほう、わたしの目の前で兄さんを誘惑するとはいい度胸ですね、おっぱいだけに」

妹がそれを許す筈《はず》が無かった。

モカは慌てて弁明する。

「はわわっ……誤解ですアサヒ様っ。アサヒ様はネアさんとご歓談中でしたし……」

「わたし達が恋バナに花を咲かせている隙に兄さんを誘惑するとは許すまじ！」

「あの～、私達がしていたのって恋バナなんでしょうか～？　スペくんは弟なんですけど～」

「いいんですよ、ネアさん。わたしには隠さなくともよいのです」

アサヒが分かっているとばかりにネアの背中を撫《な》でた。

「えぇと～……」

アサヒはネアとスペキュライトの姉弟愛を恋愛と勘違いしているフシがある。

「お前の兄貴は明らかに疲れてる。休ませてやろうってのがそんなに気に食わねぇか？」

スペキュライトの言葉に、アサヒは眉を曲げる。

「むっ……た、確かにわたしの落ち度ですね。モカさんの判断が正しいことは認めましょう。だがしかし！　膝枕《ひざ》はわたしがすればそれで済む話です！　さぁ兄さん、存分に妹の太ももを堪能して下さい！」

アサヒが姿勢を正し、自分の太ももをぽんぽんと叩く。

「いや、大丈夫。余計に疲れそうだし」

ヤクモに断られ、愕然《がくぜん》とする妹だったが――。

「そ、そんな…………あっ、ぬふふ、そうですかそうですよね。最愛の美少女の膝枕なんて、ドキドキして気が休まらないですもんね！」

何やら勘違いし、即座にニヤつくのだった。

「ソウダネ」

妹が納得してくれるなら、そういうことにしておこう。

「とはいえ腹黒おっぱいに膝枕を譲るわけにもいきませんし」

「腹黒って言わないでくださいよぉ」

涙目になるモカを置いて、アサヒがポンッと手を叩く。

「ネアさんならばどうでしょう。それならわたしも安心です」

話を振られたネアは、嫌がる様子もなく満面の笑みで頷《うなず》く。

「あら～。もちろん構いませんよ～？　どうぞ、ヤクモくん」

細い太ももを彼女が撫でる。

現在は車椅子から降り、敷物の上に腰を下ろしていた。

「ダメだ」

止めたのは、スペキュライトだ。

「スペくん？　どうしたの？　私なら大丈夫だよ」

「とにかくダメだ」

スペキュライトの気持ちは、なんとなく分かる。

ヤクモだって、足だけとはいえ妹を貸すような行為には抵抗がある。

ネアは弟の理屈無き否定に、にんまりと笑う。

「嬉《うれ》しいな」

「あ？」

「スペくんがまだお姉ちゃんっ子みたいで、嬉しいなぁ。うん、分かったよ。お姉ちゃんの膝は、当分スペくん専用にしておくね」

「おい、姉貴。オレはんなこと頼んでねぇ」

「でもお姉ちゃん離れもきちんとしないとだよ？」

「聞けよ」

ヤクモとアサヒとは違うが、彼らもまた仲の良い姉弟なのだ。それこそ血が繫《つな》がった姉弟として、良好な関係を築いている。やや親密過ぎるようにも映るが、仲の良いことに問題はないだろう。

「ならば間をとって、わたしの太腿《ふともも》を使用するのはどうかしら。ラピスさんの膝枕なら一秒で夢の世界に行けるよと言ってくれたヤクモ」

「言ってないですね」

反射的に答えて、それから驚く。

瑠璃《るり》色の麗人、ラピスが隣に座っていた。

「ラピスさん、いつの間に」

「えぇ、わたしこそが繰り返しネタにも限度はあるだろうと思いつつやめ時を見失ってつい繰り返してしまうラピスラズリ＝アウェインよ」

——自分でネタだと認識してるのか。

苦笑するヤクモ。

「ところで聞きたいのだけど、会長やトルマリンと一緒に何をしているの？　仲間はずれだなんて、悲しいわ」

「…………」

昼休みに休むということは、出来なそうだ。

魔人襲来の件に関しては緘口令《かんこうれい》が敷かれている。

いかにラピスとは言え、教えることは出来ない。

口を噤《つぐ》むヤクモを見て、彼女は悲しげに目を伏せた。

「そう。会長やトルマリンと同じ反応ね。そうまでしてわたしを爪弾《つまはじ》きにしようというのね。そしてわたしが教えてあげたこの場所に新しい子を招待して。あぁ分かったわ。わたしを捨ててその子達《たち》を《班》に入れるつもりなのでしょう。そうなのでしょう」

正解でこそないが、部分的には合っている。

だがその言いようだと、ヤクモ達は完全に悪者だ。

「いいえ、ラピスさん、あのですね」

「いいの。いいのよ。所詮わたしは妾腹《しょうふく》の子。要らなくなれば捨てられるのは定めなのだわ。ふふふ……有望な新人が入ればお払い箱というわけ。でも残念ね、あなただけは少し違うものと、そう期待して来たのに……」

ヤクモは迷っていた。

教えるか教えないか、ではない。言ってはならない理由に納得出来る以上、広めようなどとは思わない。

ヤクモが迷っているのは、これが彼女の壮大な冗談なのか否かだ。

演技だとしたら凄《すご》い。自然体というか真に迫っているというか。感情や仕草、声色に至ってまで完璧に『仲間に隠し事をされて落ち込む少女』を表現出来ている。

そうなると、演技ではなく彼女は本当に傷ついているということも考えられるわけだ。

だとしたら、いつものように冗談であることを前提で流すのは失礼どころではない。

モカが何かを言おうとして、慌てて自分の口を自分で塞ぐ。うっかり漏らしそうになったようだ。

その気持ちも分かった。

今すぐ知っていることを話して、不安を払拭してやりたい。

それほどまでに彼女の姿は弱々しかった。

「ラピスさん」

「なぁに？　ヤクモ」

普段なら冗談をぶっこむところでも、彼女は普通に応えるだけ。

いよいよもって素であることを窺《うかが》わせる。

「スファレ先輩達も、トルマリン先輩達も、当然僕らも、ラピスさんを仲間だと思っていますよ」

「そう」

「《班》の解消だなんて、有り得ません」

「でも隠し事の内容は明かせない？」

「はい。でもみんな、明かせないということを明かした」

ラピスが目を丸くする。

「あの二人なら、そもそも違和感を抱かせることなく日々を過ごすことだって出来る筈なのに」

スファレもトルマリンも、ヤマト民族に差別なく接してくれた。そんな人々が、一度は受け入れたラピスを正妻の子ではないという理由で冷遇するものか。

緘口令に従い、その上で違和感を抱かせたのだ。

伝えることは出来ないが、彼女自身が気づくこと自体は咎《とが》められない。

「……なるほど、確かにそう言われればそうね。わざと違和感を持たせたということは、暗に自主的な退会を勧めているのでない限り、何か重大な出来事に巻き込まれていると考えるべきかしら。例えばそう、仲間にも言えない、言ってはならない何か」

ラピスは賢い。二人もそれを分かっていた。

「あの二人が投入されるなら、通常はわたしにも召集が掛かる筈。あの二組にだって……」

あの二組というのは、ヤクモがまだ逢《あ》ったことのない風紀委のメンバーだ。試合を観戦したことこそあるが、まだ挨拶も交わしていない。

「他にも様子のおかしい人達はいたわ……でも共通点なんて……あぁ、そういえば様子が変だった子の中で、ランク保持者だった子は全員予選脱落者だったわ。あなた達と、その姉弟以外は、だけれどね」

鋭い。大した観察力だ。一日でそこまで気づくとは。

「予選通過者に声を掛けない理由は二つ考えられるわ。戦力がそこまで必要ではないか、戦力は必要だが大会運営に支障をきたすわけにはいかない理由があるか。多分後者ね。みなが一様に口を噤むということは緘口令が敷かれた可能性を示しているし、あれが敷かれるのは情報の漏洩《ろうえい》が都市機能を麻痺《まひ》させ得ると判断された時だもの」

すらすらとラピスは言葉を紡いでいく。

「あなた達が呼ばれた理由があるのだとして、それは何かしら。アサヒが《黒点群》だから？　それとも、緘口令が敷かれ、訓練生の様子が変なことから、魔人襲来？　だとしたら《黎明騎士》《デイブレイカー》が出て来るのも頷けるし、そうなれば弟子であるあなた達が特別に召集されたというシナリオにも無理は無いわね。その姉弟が少し謎だけれど」

鋭いどころではなかった。

観察と推論だけで、彼女は真実に至ってみせたのだ。

しかし、それを肯定することさえ、ヤクモ達には許されない。

「それで、どうすればわたしも参加出来るのかしら？　教えてくれるかしら、例外のお二方？」

ラピスに見つめられ、ネアが困ったように笑う。

「えぇと～」

「黙ってろ姉貴」

「そ、そういう言い方はないいんじゃないかなスペくん。お姉ちゃんハートは脆《もろ》いんだけどな？」

「相手するだけで面倒な相手だ。見りゃ分かんだろ」

「だからって無視は出来ないよ～。お姉ちゃんもスペくんに無視された時、とても辛《つら》いもの。他の人を無視するなんて、出来ないいな」

「…………」

「ほら、また無視した！　うぅ、いたたっ、む、胸が。胸が痛いなぁ」

胸を押さえながら弟の方へチラッチラと視線を向けるネア。

「オレらから言えることは何もねぇよ」

「無視しないで！　お姉ちゃんを無視するの禁止！」

姉にぐいぐいと腕を引かれながら、スペキュライトがぶっきらぼうに応える。

「そう。まぁ最初から期待はしていなかったけれど」

「そうか」

「えぇ。でも少し安心したわ。同じくらい、寂しい思いに駆られてもいるけどね」

ヤクモを見て、ラピスは切なげに唇を震わせる。

「よかったわ。会長達にも、あなたにも、嫌われたわけではないのね？」

「嫌う理由がありませんよ」

「……理由なら、沢山あるわ」

自身の生まれのことを言っているのか。

ヤクモはもう一度、今度は彼女の心に届くように強く、伝える。

「ありませんよ」

ラピスはしばらく、ヤクモを見つめていた。

「あなたは、優しさと甘さの違いをよく理解しているのね」

この場合、仲間であることを理由に緘口令を無視すればそれは甘さである、ということだろう。

「でもね、ヤクモ。優しさは振りまけばいいというものでもないのよ」

ラピスの言っていることが、よく分からない。

「家族という共同体であれば、問題は無いのでしょう。けれど他人との関わり合いにおいて、優しさは適切に使用しなければならないわ。だって、あなたにとって当たり前でも、それを特別だと勘違いする者が現れるかもしれないでしょう？」

妹が「チッ、それに関しては同意です。兄さんは天然人たらしなのです……」とぼやいている。

「えぇと」

「わたしを勘違いさせたくないなら、これ以上優しくしない方が無難だわ」

「ラピスさん」

「そういえば、そもそもの話題を忘れていたわね」

くいっと腕を引かれる。それと同時に肩を抱かれ、咄嗟《とっさ》に逃げることを封じられた。振り払うことは出来たが躊躇《ためら》われ、躊躇っている間にそれは完了した。

ぽふっ。

「膝枕。ふふ、初めてするのだけど、どうかしら？　心地よかったりするなら、嬉しいのだけど」

柔らかいし、花のような香りが近い。木々のせせらぎに、葉と葉の間から注ぐ陽光。

気を抜けばすぐに眠りへ落ちてしまいそうなほど、それは至福の時だった。

もちろん、邪魔が入らなければ、だ。

「はわわ……私がお役に立てるものとばかり、思っていましたのに」

モカが肩を落とし。

「人が黙って話を聞いてやっていれば、なんですかそのオチは！　即刻離れなさい！」

妹が叫ぶ。

「あ、スペくんはお姉ちゃんの膝があるからね」

「要らねぇ」

「言い方というものがあるのではないかな!?」

姉弟は変わらず仲がいい。

結局、昼休みもあまり気が休まらなかった。

◇

テルルは人類側で言うところの二級指定の魔人だ。

魔人は殺《あや》めた生命体の魔力炉を取り込み、自身を進化させることが出来る。それによって より膨大な魔力の生成が叶《かな》い、魔獣をより多く使役出来るようになるわけだ。

そして魔人は、世界を見るのに光を必要としない。

「……捕捉」

途中で出くわした野良の魔獣をも支配下に置き、とっておきの餌も用意した上で、テルルは人類領域を発見した。

自分の主《あるじ》であるクリードと共に滅ぼしたことがあるから、人類領域の構造も人類の動きも理解している。

壁の縁に監視要員が常に配備されており、望遠器具も配置されているが、見渡せる距離は有限。

魔獣共を操り、限界距離にて待機させる。

後は模擬太陽の輝きが落ちる時間帯を待ち、真の宵闇の中を襲撃する。

簡単な人類の滅ぼし方。

それに加え、今回のテルルは他にも策を用意していた。

「クリード様。必ずやテルルめが貴方様《あなたさま》に人類領域を捧《ささ》げます」

うっとりとした声で呟《つぶや》き、テルルは見据える。

すぐに自分の主《あるじ》のものとなる鳥かごを。

テルルは魔人にしては珍しく、闘争本能よりも主への忠誠心を優先する個体だった。

「ねぇ、きみってどこの子？」

「――――ッ!?」

突如背後から掛けられた異質な声に、一瞬で総毛立つ。

テルルは一つだけ、失念していた。

宵闇に包まれた地上では、魔人同士が遭遇することがあるのだということを。

◇

「魔人を捕獲する……だと？」

《黎明騎士《ディブレイカー》》ならば邸宅一つ要求したところで与えられるのだが、ミヤビとチヨは木造の集合住宅二階の角部屋に居を構えていた。

タタミが敷かれたその空間を二人は「六畳間だ」と喜んでいたのだが、やってきたヘリオドールには理解出来ないらしい。単に狭い部屋に喜ぶ物好きだと思っているようだ。

「畳の良さが分からんやつと話す気はねぇ。帰んな」

ちゃぶ台を挟んで向かいに座る《黎明騎士《ディブレイカー》》第七格の二人。

《地神《ちしん》》へリオドールとテオ。

「……独特の匂いがするが、落ち着くような気がしないでもない。ヤマト特有と言おうか、清廉な雰囲気もあるな」

ミヤビの態度に気を悪くするでもなく――内心どう思っているかはさておき――彼は腕を組む。

「そうかそうか。お前のそういうクソ真面目なとこは嫌いじゃねぇぞ。そこのチビ助も学べ、な？」

チビ助と呼ばれたテオは歯をギリギリと軋《きし》ませたが、噛《か》み付いてくることはなかった。

「話を戻すぞ。魔人を捕獲するというのは、どういうことだ？」

魔人迎撃に際して意見はないかと尋ねられたので、ミヤビは言ったのだ。

捕まえようぜ、と。

「言葉の意味から説明しろってことか？」

「理解した。貴様に迂遠《うえん》な言い回しは通じぬのだな。意図を説明しろという意味だ」

「お前さんは此処《ここ》出身なんだっけか」

質問に答えず、逆に問う。

ヘリオドールは顔を顰《しか》めたが、文句は言わなかった。言うだけ無駄だと悟っているらしい。

「あぁ、その通りだ。貴様は【タカマガハラ】出身なのだったか……」

「【ヒュペルボレイオス】【シャンバラ】【アルカディア】あたりにもいたな。あとは【ヴァルハラ】か。今となっちゃその全部が廃棄領域だがな」

数々の滅びを目にしてきた。

昔から自分の側《そば》にいるのは、もうチヨだけだ。

だからこそ、なのかもしれない。

自分が魔王殺しにこだわるのは。

だって、他にどうする？　どんな方法がある？

自分が生きている間に、五つの人類領域が魔人に滅ぼされた。

残るは、観測出来る限りで七つ。

自分が死ぬまでに人類が存続しているなどと、どうすれば信じられる。

真の太陽を取り戻す以外に常闇に打ち勝つ方法は無いのだと考えることは、いかれてなどいない。

「そして、【エデン】を出て【カナン】の地へと訪れた。何故《なぜ》だ？」

「恩を返し終えたからだ。あそこは天国だったよ。だが、そりゃ死んでからでも行ける。あたしはな、苦しくてもいいから太陽が欲しい」

「また魔王殺しの話か」

「もう協力しろだなんて言わねぇよ。チキンは要らん」

ミヤビは過去へリオドールを太陽奪還に勧誘したが、断られている。

「せめて魔王の実在を証明してから持ちかけろ。そうすれば考慮しよう」

「草の根分けてでも捜し出して、その首を刎《は》ねてみせるさ」

「ふっ。それはいい。だがその前に、当面の危機に関しての話し合いを続けるぞ」

「あ？　あぁ、魔人な。捕まえる理由ならある。当然だろうが」

「それを話せと言っている」

チヨが熱い茶を持ってきた。

湯《ゆ》呑《の》みを持ち上げ、ずずずと啜《すす》る。んまい。

「なんで廃棄領域って呼ぶか知ってっか？」

「……どういうことだ？」

「元人類領域でも、消失都市でも、他に言いようはある中で、『廃棄』なんてワードが使われる理由が分からねぇか？」

廃棄。不要なものとして棄《す》てること。自分の世界より廃すること。

「人類のプライドが滲《にじ》んでやがるよな。情けないったらありゃしねぇ。無力故に奪われただけのくせして、まるで自分達《たち》で放棄したみてぇに言いやがる」

「……言葉の成り立ちに何か意味があるのか？」

「大アリさ。情けねぇことこの上ねぇが、まぁ大間違いってわけじゃあねぇんだ。取り返しのつかないダメージを受けた時、人類は都市を捨てて逃げる。一番近い都市に向けてな。逃げ切れる奴《やつ》は一握りだが、逃げるんだ」

「……つまり？」

「つまり、廃棄領域なんて言葉を作った生き残り共は、都市がその後どうなったかを知らねぇのさ」

「――――」

ヘリオドールが目を剝《む》く。

「待て、魔族は人類の天敵なのだろう。事実、魔獣共は人間と見るや襲いかかる」

「お前さんも魔人と戦ったことはあんだろ? あいつらは蛮族なんかじゃねぇ。ただ、天敵ってだけの生き物だ。対話が可能で、だが和平は成立しないってだけさ」

「廃棄領域はどうなっている。魔族に侵され、模擬太陽を砕かれた後で、都市に残っていた人類はどうなるのだ……」

「魔人によるが、あたしゃ一度人類が飼われているのを見たことがある」

ドンッ、とヘリオドールはちゃぶ台の上に拳を叩《たた》きつけた。

「タワーは、他都市は、それを知っているのか」

——へぇ、意外と見どころがあるじゃねぇか。

ミヤビは内心で感心する。

「あたしゃ報告したぜ。だがあたしの証言を根拠に奪還作戦なんぞ組めないとさ」

ギリリッ、と、ヘリオドールが奥歯を噛んだ。

「貴様は……そうか。その魔人が廃棄領域から来た者であれば、そこに囚《とら》われた人々がまだ生きているかどうかを聞き出すつもりなのだな?」

「まぁ、その場合でも魔人の証言なんぞ信じようとはしねぇだろうがな。『看破』持ち使って真実判定が出ても、難癖つけて中止に追い込むんだろうな」

「いいや、わたしが信じよう。その時は必ずや奪還作戦を行うと誓う。《燈《ひ》の耀《ひかり》》は太陽を取り戻す為《ため》にあり、それは人の為であるのだから。その人を蔑《ないがし》ろになど出来るものか」

ミヤビはぽかんとして彼の顔を眺める。

「お前さん、そんだけ熱いもん持っていながら、魔王殺しにゃ乗らねぇってのか」

「貴様が魔王を見たというなら、信じよう」

なるほど。

太陽を取り戻す。本当にそんな方法があるなら、彼はそれを必ず実行する。

ミヤビの魔王殺しに否定的なのは、それが仮定の域を出ないから。

「ははぁん？　この都市は、当たりかもしれんなぁ」

自分と同じ熱量を共有出来る弟子だけでなく、今後の展開次第では味方に引き込めそうな《黎明騎士《デイブレイカー》》までいるとは。

ピンチだというのに。

ミヤビは楽しくなってきて、笑みが溢《あふ》れるのを抑えられなかった。

◇

ネア＝アイアンローズが《偽紅鏡《グリマー》》だと判明した時、両親は危うく破局を迎えるところだったらしい。

二人共常人だったから、父は母の浮気を疑ったのだ。

それくらい、普通の両親から《偽紅鏡《グリマー》》が生まれることは珍しい。

だが、ネアの搭載魔法である『必中』が判明した時、両親は歓喜した。

その時は『必中』に弾数制限は無かったから、ネアを自身の《偽紅鏡《グリマー》》にしたいと申し出る者が後を絶たなかった。

引き取り手のいない《偽紅鏡《グリマー》》は無駄飯喰《ぐ》らいだが、有用な魔法を搭載していれば別だ。需要の分だけ、価値は釣り上がる。

争奪戦の決着は、《偽紅鏡《グリマー》》を納得させられるかどうかでつく。

まだ子供だったネアの場合、両親に最も多くの謝礼を支払えた者がその使用権を獲得した。

ネアは、本当はとても嫌だった。知らない人に銘を呼ばれて、使われる。

でも、家族は本当に貧しくて。食うに困るほどで。自分が頑張ることで一つ下の可愛《かわい》い弟が飢えずに済むのだと考えれば、不思議と我慢出来た。

生活は激変し、暮らしは一気に豊かになった。

両親はより高値を出せる《導燈者《イグナイター》》を探し、浮かれて金を使うのに夢中になっていた。

だから、ネアは家を離れるのが不安だった。だって、両親はまだ幼いスペキュライトの食事さえも忘れるようになった。元々愛情に薄い両親だったが、それは金が手に入ったことで加速した。

自分の娘がいくらで売れるかを嬉々《きき》として計算するような両親の許《もと》で、弟が健全に成長出来るわけがない。ネアは両親の分もと、弟に愛情を注いだ。

とても愛《いと》おしい、自分の弟。

彼の為なら、どんな嫌なことだって頑張れた。

道具のように扱われても、人ではないと笑われても、我慢出来た。

家に帰れば、弟が「姉ちゃん」と抱きついてくる。その可愛い存在がいれば、両親の醜悪さも気にならなかった。ただいま、スペくん。うん、大丈夫だったよ。お姉ちゃん、強いからね。と笑えた。

でも、ある日ネアの価値は暴落した。

《偽紅鏡《グリマー》》は自身の肉体を武器へと変える。つまり肉体が傷ついたり、不調だったりすれば、それは武器状態での性能に大きく影響するのだ。

そのあたりを理解している《導燈者《イグナイター》》は、たとえ人間扱いしていなくとも厚遇はする。

重傷を負い、下半身が動かなくなった。

六発までしか、『必中』を発動出来なくなった。

両親は口汚くネアを罵り、あれだけネアを欲しがった《導燈者《イグナイター》》達は最初からいなかったみたいに姿を消した。

みんな、ネアのことはどうでもよかったのだ。

欲しかったのは、無制限の『必中』だけ。

両親は、ネアの魔力税の負担を拒否した。

あれだけ娘で荒稼ぎしておいて、利用価値が無くなれば壁外へ捨てる。

あぁ、それもそうか。

だって、《偽紅鏡《グリマー》》は人間じゃない。

そして有用な魔法を搭載していない《偽紅鏡《グリマー》》は、無駄飯喰らいだ。

誰が進んで養うものか。

「姉ちゃん」

弟が泣いていた。

あぁ、泣かないで。スペくんは何も悪くないよ。大丈夫。離れ離れになるけど、ずっと大好きだよ。いつか必ず逢《あ》いに行くから。大丈夫、お姉ちゃんは強いから。そう言って笑った。

無理だと分かっていた。

壁の外へ行けば、自分は魔物に喰われて死ぬだろう。

もう弟とは逢えない。

思えば、彼だけだった。ネアがネアであるということだけを理由に、愛情をくれるのは。

「行かないで、姉ちゃん」

そんなことが、出来たらいいのに。

出来たのだ。

両親は弟に興味が無かった。《偽紅鏡《グリマー》》かどうかは生まれてすぐに判定出来るが、《導燈者《イグナイター》》の資質である魔力炉性能や魔力適性などは魔力を扱える年齢にならないと分からない上、検査は任意だ。

娘で金稼ぎすることにしか興味が無かった両親が、そんなことをするわけがない。

だから、誰も気づかなかった。

なんとか魔力の徴収に堪えられる一般的な子供だと勘違いしていた。

弟には、《導燈者《イグナイター》》の才能がある。

弟に連れられて帰ると、両親に睨《にら》まれた。

スペキュライトが銘を呼んだ。

六発限定の『必中』。欠陥を抱えた姉。

両親はまたしても歓喜した。

《導燈者《イグナイター》》は人生の勝ち組だ。その収入は、《偽紅鏡《グリマー》》の購入に大金を支払えるほどに多い。《導燈者《イグナイター》》自体を手に入れた両親は、自分達が更に甘い蜜を吸えると思ったらしい。

とことん救えない人達だった。

「姉ちゃんを捨てたな」

弟にだって、分かっていた。自分達が愛されていないこと。姉を売り出した金で暮らしていること。

それでもどうにも出来ないから、ずっと我慢していたのだ。

銃口を向けられると、両親は慌てながら弁明を始めた。

聞くに堪えない言い訳を並べ立てた。

スペキュライトは両親を——撃たなかった。

代わりに六発、家に弾丸を撃ち込み、その場を後にした。

彼なりの決別なのだろう。

『よかったの……？』

「……姉ちゃんだけいればいい」

《偽紅鏡《グリマー》》に年齢制限は無いが、《導燈者《イグナイター》》にはある。

スペキュライトが学舎に入れるだけの年齢になるまで、待たなければならなかった。

幸い、とある老夫婦に拾われ、姉弟は今度こそ健やかに育つことが出来た。

……あんなに可愛かった弟は、少し粗野になってしまったが。だがそれでも野卑ではない。

彼の怒りや強さは、姉の為にだけ振るわれる。そのことに気づかないネアではなかった。

それが嬉《うれ》しくて、でも最近は、とても辛《つら》かった。

スペキュライトは才能の塊だ。《導燈者《イグナイター》》の素質だけで学内ランクを決定するなら、それこそ一位にだってなれるだろう。

けど、彼はネア以外を使わない。

故に隙なく発動出来る最大攻撃数は六に留《とど》まり、総合的な評価も三十九位となっている。

彼の足を、自分は引っ張っている。それを気にさせないほどの実力を彼は発揮しているが、でもそれは弟が凄《すご》いというだけのことだ。誇らしいが、同時に自分を恥に思う。

私生活でも、武器としても、愛する者の足手まとい。

けど、そのことに関して彼は何も言わないのだ。

そして自分も、他の《偽紅鏡《グリマー》》を探せとは言えずにいる。

醜いな、とネアは思う。これでは両親と変わらない。

弟を愛しているなどと言いながら、弟の為に言うべきことを理解していながら、言えずにいる。

スペくん。ごめんね。お姉ちゃんは、とても弱いよ。

ここのところ、胸の内でそう思わない日は無かった。

そしてまた、自責の一日が始まる。

◇

目が覚める。

天井が映る。

ネアの寝覚めは良い方だ。

決まった時間に目が覚める。

「ん～……」

腕の力を使って上体を起こす。元々筋肉がつきにくいらしく、どれだけ繰り返しても慣れてくれない。腕に痺《しび》れを感じながら、それでもネアは自分で出来るところまでやろうと決めていた。

弟は面倒くさがりなのに、自分の世話だけは文句を言わずに焼いてくれる。でも、内心でどう思っているかは分からない。負担を少しでも減らしたかった。

寮の部屋の壁には、スペキュライトが取り付けてくれた手すりがある。とはいっても、基本的に使う機会には恵まれない。万が一の時の為《ため》につけてくれたのだ。

ネアが歩けるようになることは、無いらしい。

治癒魔法も、万能ではないようなのだ。

「ん、っしょ。んっ、と、届かない」

ベッドから足を下ろした体勢。片手で体重を支え、もう片手を車椅子に伸ばす。

ベッドと車椅子の距離は日によって微妙に変わる。

車椅子からベッドへは弟が運んでくれるのだが、乗せる時も彼が運ぶので位置にこだわりなど無いのだろう。

「と、届いて。届くのです私の腕よ～」

するっと。

体重を支えていた手が滑る。

「ふわっ」

ばたん。

ベッドから滑り落ちて、鼻を打つ。

「い、いだい……」

鼻の奥がツンとする。目に涙が滲《にじ》む。痛いし情けないしで辛い。

「姉貴！」

物音を聞きつけたスペキュライトが駆け込んできた。

「す、すべぐん。ノック、ノックをして……」

お尻を天井に向けた状態で倒れる醜態を晒《さら》したくはなかった。

姉の威厳が凄《すさ》まじい勢いで失墜していく感がある。

「馬鹿なこと言ってんなよ」

弟は笑うこともなくネアを助け起こしてくれる。笑ってくれた方が、冗談にしてくれた方が気が楽なのに。

「えへへ、今日は寝相が悪かったみたいだなぁ」

「頭と足の位置が逆になるほどか？」

「そういうこともあるよ。お姉ちゃんといえど完璧ではないのだ」

スペキュライトはネアを抱き上げ、車椅子まで運ぶ。

昔と比べて、随分と大きく逞《たくま》しくなった。

自分に抱きついてきた小さな弟は、自分を抱えられるほどに成長したのだ。

「自分で乗ろうとしたのか」

さすがお姉ちゃんっ子、すぐに分かるらしい。可愛《かわい》いけど怖い。可愛さの方が勝《まさ》るけど。

「へ？　なんのことかな？」

小首を傾《かし》げてみるも、通じず。

「……今日からベッドの近くに置くことにする」

自分の判断ミスを悔いるように、弟が表情を曇らせる。

――嫌だな。失敗したのは私なのに、苦しそうなのはスペくんだなんて。

「むぅ……。ある日突然出来るようになってスペくんを驚かせようと思ったのに」

「心臓に悪いからよせ」

車椅子に座らせてもらう。目が合った。いつもはギラギラしているのに、自分を見る時だけは弱々しくなる。自分が弟を弱くしてしまう。

「スペくんは心配性だなぁ」

「姉貴がしたいなら、そうすりゃいいさ。先に相談しろって言ってんだ」

「あの、お姉ちゃんはお姉ちゃんなんだけどな？　スペくんは弟なわけで」

「姉貴」

弟に悲しげな声で呼ばれては、それ以上粘ろうとも思えない。

「分かったよぅ」

拗《す》ねるように返事する。これではどちらが保護者か分からないではないか。

ネアが歩けなくなったことを、スペキュライトは自分の所為《せい》だと思っている。

自分の所為で姉は無能に成り下がったと思っている。

そんなことは無いと何度も言ってきたけれど、弟から罪悪感が消えることは無いようだった。

ネアは弟が好きだ。大好きで、彼の為ならばどんなことでも出来ると今でも思う。

弟だって同じように思ってくれている筈《はず》だ。

でも、弟が自分を大事に扱うのは、罪の意識の裏返しではないのか？

それを除いた時、残るものはあるのだろうか。

怖くて、訊《き》けない。

「スペくん。お姉ちゃんはいいけど、いつか彼女さんが出来た時にそんな過保護だと嫌がられちゃうよ？　ある程度は自由意志も尊重しないとね」

「興味ねぇ」

「え、スペくんもしかしてお姉ちゃんのこと本気なの……？　嬉しいけど、困るってゆうか」

「あいつらみてぇになるくらいなら、一人で構わねぇってだけだ」

両親のことだろう。一度は愛し合った者の末路があれなのだとしたら、恋愛に希望を持てなくなるのも分かる。我が子を金を生み出す装置としか思わず、金に溺れる。それが愛の結末なのだとしたら、あまりにも悲しい。

「独りじゃないよ。お姉ちゃんがいるじゃない」

スペキュライトは否定しなかった。

「ならなおさら、今のままでいい」

随分と嬉しいことを言ってくれる。彼の本心からの言葉なら、だが。

「でもほら、ヤクモくんやアサヒちゃんはどう？　仲良くなれそうだなって思うけど。というか、お姉ちゃんはもう仲良くなれたけど」

「良い奴《やつ》らだとは思うぜ。仮にも同じ《班》で戦う以上、馴《な》れ合わねぇってのも馬鹿げた話だ。だがな、アイツらには負けられない理由がある」

「うん……」

「だからって、オレらが負けていいことにはならねぇ」

「そう、だね……」

自分達《たち》を育ててくれた老夫婦はもう歳《とし》だ。夫の方は病に罹《かか》り、床に臥《ふ》せっている。

もう、そう長くないのだ。

だというのに去年、二人は優勝のチャンスを逃した。一足飛ばしに正隊員になれるチャンスを摑《つか》めなかった。恩返し出来る期間はほとんど残っていない。

だから、今年まで負けるわけにはいかないのだ。

それだけではない。

スペキュライトは、ネアを捨てた全ての《導燈者《イグナイター》》を見返そうとしている。

彼は決して言わないが、見ていれば分かった。

弟は、怒っているのだ。小さい頃から、今に至るまでずっと怒ってくれている。

ネアの為に。姉の為に。

でももし、それが果たされたら。

彼が、姉にしてやれることはもう全部やったと満足するようなことがあったら。

その時、弟は何を選ぶのだろう。

「試合は明日だ。トオミネ妹と意気投合するのは構わねぇが、迷わないでくれよ」

「うん。分かってる。スぺくんにこれ以上迷惑かけたりしないよ」

「迷惑なんざ掛けられた覚えはねぇよ」

「そう？　あ、スぺくんはシスコンだから、お姉ちゃんの面倒見るのはむしろご褒美なのかな？」

スペキュライトは返事をせず欠伸《あくび》を掻《か》く。

「だ、だからお姉ちゃんを無視しないでってば！」

その夜、魔人が都市を襲撃した。

大事な試合を明日に控えた日の、夜のことだった。

◇

伝達員は全員、仮面を被《かぶ》っている。

時に貴重な情報を伝達する者であるから、情報目的での接触を図ろうとする輩《やから》への対策だろう。

素性が知れなければ、付きまとわれようも無い。

とにかく、ヤクモ達に緊急召集が掛かった。

模擬太陽の消灯時刻を少し過ぎたあたりでのことだ。

「明日試合だというのに、まったく空気の読めない魔人ですね」

「ま、ままま、魔人……私、お役に立てるでしょうかっ」

自然体な妹と、動転するモカ。

「大丈夫、魔人の相手は師匠と第七格が担当してくれるから。僕らは正隊員のサポート役だよ。いつも通りやればいいんだ。モカさんなら出来る」

「は、はいっ。ありがとうございます、ヤクモ様。私、出来る気がしてきました！」

そのやりとりを見ていた妹は、何を思ったかすすすと身を寄せてくる。

「兄さん。わたしも急に怖くなってしまいました」

「そんな妹に育てた覚えはないんだけどな」

「冷たい!? そりゃあ確かに完成度の低い演技でしたけど！」

駆け足で壁へ向かいながら、軽口を叩《たた》く。

壁の前に到着し、《班》の者と合流。

昇降機の前に着くが、なにやら騒がしかった。

「どういうことだ!?」「東に現れた魔人が檻《おり》に入れた人間を連れてきているだと?」「壁外に住んでる奴らか!?」「そいつらは『青』が一時的に縁まで避難させてる筈だ」「じゃあ何処《どこ》の人間だよ!」

――魔人が、人間を連れている?

「そんな話は聞いたことがありませんわ」

スファレの言葉が、皆の胸の内を代弁していた。

ただ、ヤクモとアサヒは違う。

師匠から聞いていたからだ。

そう前置きして、皆に説明する。

「……まさか、そんなことが」

「そんなの、酷《ひど》すぎるよ……」

トルマリンとマイカが辛《つら》そうに表情を歪《ゆが》める。

「でも家畜扱いしてるとして、なんで連れてくるわけ? 戦場に家畜なんて連れて行く? 非常食のつもり?」

ネフレンの言葉に、モカが「非常食……」と顔を青くした。

「魔人ってのは人間並みの知能を持ってるんだろ? なら、何らかの策だと考えるべきじゃねぇのか」

「交渉とかでしょうか～？　うぅん、でも魔人の性質を考えるに無さそうですね～」

スペキュライトとネアは惜しいところをついている。

「交渉を装って、こちらの士気を下げるつもりでしょう」

仲間の視線がヤクモへ向く。

「人を連れているなら、人類領域を落とした魔人ということだ。彼らは今の時代の人を知っている。例えば『降伏しなければ三十分ごとに一人殺す』と言えばどうなります？」

答えたのはアサヒだ。

「降伏なんて出来るわけがありませんから、どうしようもありません。そうして、無実の人間が一人ずつ殺される。その事実は領域守護者の心にのしかかります。自分達の判断が命を失わせてしまったのだとね。心が重くなれば、身体《からだ》も重くなるというもの」

皆が言葉を失う。

魔人の悪辣さに。

ヤクモは顎に手を当て、自分の考えを口にする。

「ただ、こんな小細工を使うなら特級指定ではないでしょう」

「高くて二級指定じゃないですかね。ただ二級では都市を支配するには弱いので、特級の部下ってとこでしょうか。特級本人が来てるなら、小細工を弄さず正面から襲ってくるでしょうから単独ですかね。こんなこと言うのは癪《しゃく》ですが、《黎明騎士《デイブレイカー》》なら問題ない相手ですよ」

アサヒが想像しているのは、師のミヤビだろう。

ミヤビを敵対視しているアサヒにとって、その実力を認めるような発言は抵抗があるのだろう。

ヤクモはそれを微笑《ほほえ》ましく思いながら、任務を前に気を引き締める。

「アサヒの言う通りです。僕らは僕らの任務に集中しましょう」

昇降機の順番が回ってくる。

壁の縁へ上がり、今度は壁外側の昇降機に搭乗し、下へ。そしてようやく壁外に出るのだ。

昇降機に乗る直前。

東の方角から豪炎がうねりを上げ、地上を呑《の》み込んでいくのが見えた。ミヤビが一人で担当するつもりなのだろう。

西はヘリオドールの担当だ。

前回魔獣が襲撃してきた二方向を《黎明騎士《デイブレイカー》》が担当する。

残りの二方向を『白』が引き受ける。

——東と西、か。

魔人が魔獣を放って人類領域を捕捉しようとしているなら。

前回の魔獣が東と西という真逆の方向から現れたという現実は、ある可能性を示す。

つまり、別々の魔人に支配されていた魔獣だったという可能性だ。

もしそうだとすれば……いや、今は自分の任務に集中しよう。

そんなことを考えている間にも、昇降機は壁外の暗闇の中を降りていく。

……暗闇？

「おかしいですわね……どうして誰も光魔法を展開していないのでしょう」

スファレも気づいたようだ。

暗闇での戦闘に光源の確保は必須。

普段ならば光魔法を使える者が、光球を掲げている筈。

スファレがチョコとモカを展開し、光球を出す。

他の者達も警戒し、《偽紅鏡《グリマー》》を武器化して臨戦態勢。

そして、地上に到着。

五組の領域守護者訓練生に、声を掛けてくる者がいた。

「おぉ、追加が来たか。塵《ゴミ》で無ければいいのだが」

あまりにむごい光景だった。

《導燈者《イグナイター》》も《偽紅鏡《グリマー》》も無い。正隊員も訓練生も無い。

ヤクモ達と同じ方角担当で、ヤクモ達よりも早く地上に降りた者達は全員。

一人残らず、殺されていた。

首と胴体が分かれている者、上半身と下半身で断たれている者、全身に槍傷《やりきず》のような穴が空いている者もいる。手足などの人体のパーツがそこら中に転がり、どれが誰の者なのか判別出来ない。戦死者たちの血は大地を濡《ぬ》らし、ドロドロに混じり合っている。

そんな屍山血河《しざんけつが》の戦場に一人、壮年の男性が立っていた。

青白い肌と、返り血に染まった白髪が、光球に照らされて不気味に映った。

上等な生地の外套《がいとう》を纏《まと》った魔人の男は、こちらを見て獰猛《どうもう》に笑う。

風が吹き、強烈な血臭が鼻孔をついた。

「魔人……なのか」

トルマリンの声は、僅かに震えていた。

「そうだとも、少年。私は魔人だ。そして、私は今、虫の居所が悪くてね。折角《黎明騎士《デイブレイカー》》と戦えると期待していたというのに、こちらには来ないじゃないか。はぁ、なんとか戦えないものだろうか。しかし、一応はボスの命令だ、この場を離れるわけにもいかない。分かるかい？　今の私は、デザートを前におあずけされている気分なのだよ。これで当たりを引いたのがクリードの部下だったらと思うと、最悪だ」

『白』を総動員しても足りるか分からないと、師は言っていた。

この事態を予期していたなら、納得だ。

《黎明騎士《デイブレイカー》》を二人用意して、二方向に配置しても。

残る二方向に強力な魔人が現れれば、対応は難しくなる。

今まさに、ヤクモ達より先に壁外へ出た全ての領域守護者が戦死してしまったように。

それでも、誰かを配置するしかない。そうしなければ、魔族に壁を突破されてしまう。

「人間の幼体達。その上下を繰り返す機械から一歩でも外へ出た瞬間、私は君達を敵と見《み》做《な》すよ。だが降りてこないなら、私の魔法によって壁に穴を開けることになる」

まったく、性格が悪いどころではない。

逃げてもいいが、逃げれば都市に侵入すると言っているのだから。

ヤクモは浅く呼気を漏らす。

『兄さん』

「分かっているよ」

恐怖はある。

目の前の男から放たれる圧力は、前回遭遇した魔人の比ではない。

最低でも三級以上。未知の強敵だ。

怒りもある。

同じ学舎に通う訓練生だけではない。正隊員として一線で戦う者達《たち》も多く殺された。

だが、それらに支配されてはいけない。

冷静に、そして勇気を持って、挑まねばなるまい。

壁の中には家族がいる。

一歩だって、踏み入らせるものか。

ヤクモだけでなく、同じ《班》の仲間達も、すぐに自分達のすべきことを理解したようだ。

「私が魔力防壁を展開する」

「増援を待ちつつ、凌《しの》ぐのです」

トルマリンとスファレの言葉と同時、全員で飛び出す。

「素晴らしい心がけだ。そして、つまらない幕引きだ」

魔人が腕を振るった、ただそれだけのことで。

紙を引き裂くように、トルマリンの魔力防壁が裂けた。

「あ」

瞬間。

ネフレンの眼前に、魔人が。

彼女の心臓を貫く軌道で、腕を突き出している。

ヤクモの振るう純白の刃が、魔人の腕を断ち切らんと振り下ろされる。

『落腕《らくわん》』

「――ショット」

スペキュライトの拳銃が、魔人の頭を照準し引き金を絞っていた。

「くっ、ふっ」

魔人の腕が落ち、その頭部が吹き飛ぶ。

「――ッ、あ、あぁッ！」

一瞬の間に危うく死にかけたネフレンは、それでも状況を把握するや否や大盾で魔人を突き飛ばした。

右腕と頭部を失った身体が転がっていく。

「済まない……！」

トルマリンが魔力防壁を再展開した。今度は五重だ。

彼の実力は疑う余地も無い。ただ、あの魔人の力が圧倒的だったというだけ。人間を人質にとっている者ではない。そんなことを必要としない強者。

アサヒの見立てでは、人質をとっている魔人が二級。

では、この魔人は一級以上か。

「はははは！　君達は訓練生というものだろう？　だというのに、くふふ、心構えの問題か実力なのか、面白い！　面白いぞ！　特にカタナと銃の二人！　最悪を想定して動くことが出来る者だな！　素晴らしい！　これはいい暇つぶしになるぞ！」

治っている。

右腕も頭部も、既に再生していた。

「そうと決まれば、存分に楽しまねばな。折角見つけた玩具《おもちゃ》だ、すぐに壊れてはつまらない」

◇

　その日、テルルは己が主と崇《あが》める魔人・クリードの命により、人類領域の一つを滅ぼす筈《はず》だった。

　魔獣の群れと三体の魔人を率い、その上で【ファーム】から十数人の人間《かちく》を連れてきた。

　人間の習性は理解している。敵に投降を促し、従わねば人質を殺していくという脅しは、確実に士気の低下を招くだろう。

　そして、魔獣という囮《おとり》だ。

　魔獣の群れに壁を囲ませることで、敵は戦力を分散せざるを得なくなる。

　その上で、こちらは自分を含めた四人の魔人で一ヶ所を攻め入るのだ。

　一度壁内に入ってしまえば、人間の戦士は民間人や街に配慮して戦わねばならなくなり、よりこちらが有利になる。

　途中、別の魔人が率いる勢力と遭遇し、そのリーダーが己よりも遥《はる》かに格上だと気づいた時には焦ったが、幸いにも戦闘には発展しなかった。

　互いに互いの目的を果たすべく動くことで同意し、ほぼ同時に都市を襲撃することに。

　都市を滅ぼしたあと、その支配権で争うことはあるかもしれないが、まずは任務を果たすことが最優先。

「え？」

　テルルは、理解が出来なかった。

　都市の人間に、投降しなければ人質を殺すと伝えてから、すぐのことだった。

まるで時が飛んだようだった。

壁上から何かが落ちる。人間の女だ。珍しい形状の剣を持っている。

その剣は、赤白い輝きを放っていた。女がそれを、軽く振るった。

次の瞬間、視界が灼熱《しやくねつ》され、目を開けていられなくなる。

まるで模擬太陽の光に当てられているかのように、宵闇から魔力を生み出す魔人の機能が停止する。

なんとか目を開けると、自分の周囲に展開していた戦力が、全て消えていた。

違う。

焦土と化した周辺の様子を鑑みるに——灼《や》き溶かされた、のか。

千を超える魔獣の軍勢と、三体もの魔人を。

一瞬、一撃で、全滅させた？

それだけではない。

「つまらん小細工を仕掛けてくれたもんだなぁ。まぁ、無駄だけどよ」

自分が連れてきた人質達には、火の粉一つ降り掛かっていない。

尋常ではない火力に、効果範囲を絞る繊細さまで備わっている。

黒髪黒目をした、異装の女剣士。

壁上から飛び降りた筈の女は既に、テルルと会話が成立する距離まで近づいてきていた。

「……まさか、貴様、サムライか」

「お前さんは、当然、魔人だよな」

サムライは、どうでも良さそうに言う。

テルルは歯を軋《きし》ませながら、女を睨《にら》みつける。

「人間ごときが、何故《なぜ》このような力を」

「ははっ、なんだよ。弱い者いじめをしに来たら、相手が思ったより強くてビビッちまったか？」

——まだ魔力炉は機能しないが、体内に巡らせた魔力を使って魔法を……。

使えなかった。

テルルの身体が炎に包まれたからだ。

「————ッ!?」

テルルは、人間が言うところの二級魔人だ。

魔法を使う人間の戦士が、数百人集まろうとも敵ではない。

それでも慢心せず、十数人の人質、三体の同胞と、千の魔獣を用意した。

《黎明騎士《ディブレイカー》》がいようとも、都市を滅ぼせると、そう思っていた。

だというのに、たった一騎相手に、これほどまでの短時間で、敗北を喫するというのか。

人類を遥かに超越した種である魔人が、敵の攻撃に反応さえ出来ずに死ぬというのか。

「ここからが、ちぃっとばかし繊細な作業だな」

サムライの声がする。

そしてテルルは、自分がまだ死んでいないことに気づいた。体内の魔力は咄嗟《とっさ》に肉体再生に回したが、やつの火力を思えば既に死んでいてもおかしくない。

そういえば、この人間は何故、最初の一撃で自分のことを攻撃しなかったのだろう。

「安心しろ。殺しはしねぇよ。お前さんには、訊《き》きたいことがあるんでな」

――生け捕りにするつもりなのかッ!?

魔人の捕獲など、聞いたことがない。

ふざけるなと叫びたかったが、感情を声に変えてくれるはずの喉は既に焼けており、テルルの意思には従ってくれなかった。

◇

「そうだ！　こうしよう！」

ヤクモ達と相対する壮年の魔人は、しばらく悩ましげな声を上げたかと思うと、突然自分の手を打ち合せ、名案とばかりにこう言った。

「君達、時間をやるから作戦会議をし給《たま》え。どうやればこの私を殺せるか、じっくりと考えると良い」

魔人にとっては、戦いこそが人生。それを楽しむことこそが第一。

雑魚なら適当に蹴散らすが、楽しめそうな玩具になら時間を割《さ》くのも惜しまない。

人間とは物事の考え方が異なる生物なのだ。

「ん？　どうしたんだい？　もしや疑っている？　おいおい勘弁してくれないか。君達を殺すのに嘘《うそ》は必要ない。私は出来る限り、楽しく殺したい。ただそれだけなんだよ」

「……嘘ではないでしょう」

仲間に伝えるべく、ヤクモは感じたことを口にする。

「そうだとも、カタナの少年。だが時間稼ぎに注力されてはつまらない。意味が無い。だから——」

破壊音。

壁上に戻る途中だった昇降機が、落下したのだ。

——何の魔法だ？

魔力は感じたが、視界の範囲外の出来事故に目視出来なかった。

「助けは求めても無駄だと理解してほしい」

言って、魔人は数歩離れた。

そして耳を塞ぎ、にっこり笑う。わざとらしい仕草だ。

「盗み聞きもしないと誓おう。さぁ、楽しくなってきたね？」

しばらくして、ネフレンが絞り出すように言う。

「……こんなこと、前にもあったわよね」

なんとか笑おうとしているのかもしれないが、表情は引きつっていた。

ヤクモは柔らかい表情を意識して、ネフレンに頷《うなず》きを返した。

「ネフレンの時もそうですが、僕とアサヒが以前単騎で戦った魔人も、似たところがありました。勝つことは前提で、どう勝つかに楽しみを見出《みいだ》している。魔人共通の習性なのでしょうね」

魔法の使えない兄妹を前に、ならば自分も魔法は使わないと宣言した。結局死ぬ寸前になって誓いを破ったが、少なくとも楽しむ余裕のある間は魔法を使わなかった。

「……あぁ、アンタ魔人を倒したことあるんだったものね」

一度話したネフレンはともかく、他の皆は驚いているようだった。

「うん。等級の違いはあっても、これは確実だ。魔人は殺せる。それに今の僕らは、一組じゃあないしね」

ヤクモの発言にスペキュライトが笑う。だがさすがの彼も、額に汗を掻《か》いていた。

「ハッ、先行した奴《やつ》らが全員殺されてるってのに、魔人は殺せる、か。いいぜトオミネ。オレは乗る。殺し方を教えろ」

魔人を前にして普段通りに振る舞える心の強さは、とても頼もしい。

「簡単だよ。彼らも生き物なんだ。魔力炉を潰せば魔力は使えなくなる」

トルマリンが難しい顔をした。

「だがヤクモ、そもそもそれはどうやる？　わたしの魔力防壁を薄紙のように裂く魔人相手に、どう立ち回る？」

「全力で魔力強化を施してください。可能な人は視覚も。肉薄されても一瞬生き延びれば仲間がフォローに入る。さっきのネフレンの時のように」

「わたくしは治癒も使えますわ」

スファレが言う。

生きている者がいないかと思うが、望みは無いだろう。

「光も治癒も要ですね。スファレ先輩が倒れれば終わりです、皆さんで死守しましょう」

全員が頷いた。

「で、どう魔力器官を潰す。位置が人間と同じだっつぅなら、撃ち抜けるが」

「いや、スペキュライトくんの魔法は強力だからこそ、ここぞという時に使ってほしい。高魔力弾でも、上位の魔人なら対応出来る。さっきの僕らの攻撃は、わざと受けられたんだ」

「……腹立たしい野郎だ」

「それに、仮に魔力炉を破壊しても、魔人クラスなら体内を流れている分の魔力で再生するんじゃないの？」

ネフレンの言葉は尤《もっと》もだ。

全ての魔人には、魔力を利用した再生能力が備わっている。

「うん。だから魔力炉と同時に頭部を破壊しなければならない」

「魔力を生む器官と、魔法の発動を意識する脳を同時に破壊するということだね」

トルマリンが納得したように頷く。

「他の人達《たち》は突然の魔人襲来に動転し、定石通りの戦法をとったから全滅したのだと思います」

魔力防壁を展開し、遠距離から魔法で狙い撃つ。

この戦い方は領域守護者を組織化するにあたって大いに役立った。こう戦えば勝てるという基本形のおかげで、個々の搭載魔法が異なってもある程度は同じように訓練出来るから。

しかしこれは対魔獣戦でこそ有効なものの、ある単純な落とし穴がある。

魔力防壁は、より強大な魔力がぶつかると破壊される。

上位の魔人ともなれば、身体強化を施した腕の一振りで容易に壊せてしまう。

平常心を乱され、一瞬の選択を誤り、それが全滅を招いた。

死んでいった者達が弱かったわけではない。

それからしばらく、五組は魔人を倒す術《すべ》について話し合った。

作戦がまとまると、トルマリンが表情を曇らせた。

「だが……この作戦では誰かが魔人の相手を引き受けねばならない」

「僕達がやります」

元々そのつもりだった。

「危険過ぎるわ！　いくらアンタが魔人を倒したことがあるんだとしても……！」

「ありがとうネフレン、心配してくれて。でも大丈夫、やれるよ」

『兄さんは貧乏くじを引きたがる病気でも患っているんですか？　まぁ、ついていきますけど』

　進み出る。

「タイミングはそちらに任せます」

　言葉はそれで充分。

「ん？　あぁ！　もういいのかい、少年少女達」

　魔人が嬉《うれ》しそうに笑う。

「えぇ、ただ戦いを始める前に一つ、尋ねてもいいでしょうか」

「その方が集中出来るというのであれば、なんなりと」

「あなたは、魔王がどこにいるか知っていますか？」

「――――」

　初めて、魔人から笑みが消える。

「傲慢が過ぎるぞ、少年」

　判断が出来ない。知っているが口に出来ないのか、実在を把握さえしていないのか。

「教えていただければ、戦いに集中出来るのですが」

『……兄さん、図太すぎます』

　魔人は舐《な》め回すようにヤクモを眺めて、不意に唇を歪《ゆが》める。

「君はあれかね、ヤマトか。はっはぁ、よく覚えているよ。サムライとかいう奴らは魔法も無しに魔族を斬っていた。あれは実に面白かった。《黎き士《くろさむらい》》より他には生き残っていないものと思っていたが、こんなところに残っていたとは！　そうかそうか……まぁいいだろう」

魔人は一呼吸置いてから、続ける。

「君達人間が言うところの、空を覆った魔王は実在する」

『――うわ、答えちゃいましたよこの魔人』

妹の声は震えていた。

いるのだ。

魔王は実在する。

なら、それを倒せば、世界に朝を取り戻すことが出来る。

「もういいかい？　真実の代金分は、楽しませておくれよ」

どうせ殺すからと、この魔人は自分の知る事実を教えたのだ。ヤクモ達はここで死ぬ。情報は漏洩《ろうえい》しない。ならばせめて気持ちよく戦わせる為《ため》にと教えた。

――それが失敗だったと、この戦いを以《もっ》て証明しよう。

「行くよ、アサヒ」

『はい』

雪色の粒子が広がる。雪色夜切《ゆきいろよぎり》・赫焉《かくえん》を構える。

相対する魔人の視線一つに、肌がひりつく。対峙《たいじ》しただけで死の未来が脳裏をよぎる。

「ふむ。良い目だ。適正な恐怖を抱きながら、それを律する精神を持つ者の目だ。自棄的な者ではつまらない。強き人間は、恐怖を捨てない。素晴らしいよ、少年」

「強き魔人は、どうなんです」

「そこがまたつまらないところでね。魔人には成長限界点というものがある。そこに到達すると、小手先の技術以外での成長は見込めない。その上寿命が無駄に長いものだから、一部の血気盛んな若者を除けばもう皆分かっているんだな。格上には逆らっても無駄。対峙した瞬間に勝敗が見える。実に退屈だろう？」

「……退屈しのぎに人類を滅ぼすんですか？」

「あぁ、そうさ？　人類は個々の脆《もろ》さを集団化することで補い、世界を手中に収めるところだった。夜が永遠になった後でさえ、しぶとく生き残っている。君達の生き汚さが好きなのだ！　無理だと知ってなお道を探す愚かさは愛《いと》おしくもある！　そして、時折現れる先導者、あるいは英傑！　そういった者達との殺し合いは血湧き肉躍る！　君が、せめてその卵であることを祈るよ」

瞬間、魔人の姿が消える。

『後閃《こうせん》』

滑らせるようにして右足を下げる。合わせるように上体を捻《ひね》る。二つの動きと連動して、右手だけで握った刃を振るう。斬撃の一瞬前に右足の反動を汲《く》み上げ、捻りの力を加え、腕の振りに連結。

振り向きざまの一閃《いっせん》は、そうして魔人の胸を切り裂いた。

奴の傷口から血が噴き出すが、出血はすぐに止まる。

「――ほぅッ！　予備動作は削《そ》ぎ落としたつもりだったのだがね！」

その行動に移る前の予兆。大きなところで言えば、殴る為に拳を握るだとか、腕を上げるだとか。

小さなところで言えば、視線や呼吸、重心の移動や筋肉の微動など。

近接戦闘を廃した領域守護者には不要とされるスキルだが、剣のみを頼りに戦うヤクモとアサヒには必須の能力だった。

だが魔人の言う通り、兄妹の目を以てしても魔人の動きは目で追えなかった。予兆が無かった。

それどころか、一歩も動いていないようにさえ見えた。斬る直前まで、視界に魔人がしっかりと映っていたのだ。

しかし、それでも。

「殺気は隠せてない」

こちらに死を届けんとする意志が背後に現れたが故に、兄妹は反応出来た。

「あぁ！　そうか！　だがそればかりは隠せない！　何故《なぜ》なら私は、君を殺したくて堪《たま》らないのだから！」

『させませんよ』

返す刀で彼の首を狙う。

『断頭』

魔人は後退しようとしたが、失敗する。

「むっ？」

トルマリンの魔力防壁だ。この場合は文字通り、壁として機能した。

『抜重』

斬撃を中止し、膝から力を抜く。重心が下がり、上体が落ちる。

ヤクモの頭部があった空間を、赤い槍《やり》が貫いていた。

『血です。魔法でしょう』

胸を切り裂いた時の出血を利用しての攻撃。

この魔人の得意とする魔法は、血を操作するものなのか。

では、昇降機を破壊したのもその魔法？　ヤクモ達が地上に到着する前の戦いで使用した血液を操ったのか。

「浅知恵だね」

血の槍を回避したヤクモの動きを見て、壮年の魔人がニヤリと笑う。

『飛重《ひじゅう》』

ヤクモは着地と同時に、重心を後方へ移す。

魔人に蹴り飛ばされたのは、完了と同時。

「ぐっ――ッ！」

「君が戻ってくるまでに他の者を殺しておこう。邪魔の入らないように、ね」

巨人にでも蹴られればこうなるだろうかというほどの衝撃。

身体《からだ》が吹き飛ぶように上空へ舞い上げられる。

「トルッ!!」

トルマリン先輩などと呼んでいる余裕は無かった。

彼の反応は迅速。

ぐるぐると回る視界の中、ヤクモは空中で素早く体勢を立て直す。

天空から斜めの位置に壁があれば、そこに着地出来る。

そのように身体を準備し、そして壁は在った。

トルマリンが絶妙のタイミングで、魔力を壁のように展開したのだ。

衝撃を膝から足先へと逃し、残りの反動で壁を蹴る。

グン、と加速。

「アサヒ、あれを」

『……承知』

「白銀刀塚《かたなづか》」

赫焉《かくえん》粒子が雪色夜切《ゆきいろよぎり》を象《かたど》る。その数、十二振り。

赫焉刀《かくえんとう》とも言うべき十二振りは空から地上へ、ヤクモから魔人へ、降り注ぐ。

「なんだい、これは」

驚きからか、いつでも殺せるという余裕からか、魔人は仲間へ向かっていく歩みを止め、それを眺めていた。

ヤクモは刃を振り上げる。

魔人の背後から迫り、奴《やつ》の身体を縦に真っ二つにする軌道。

「予備動作も殺気も見えはしないが、風の音は聞こえるよ」

振り向いた魔人の腕が、刀へ向かって伸びる。

だがヤクモは止まらない。止まる必要なんて無い。

魔人の背中が切り裂かれる。

「――――」

再びトルマリンによって魔力製の足場が展開されたのだ。

それを蹴り、先程こちらを振り返った魔人の更に背後への移動。

天地を逆にした体勢から、刃を天に向かって振り下ろしたのだ。

「素晴らしいね！　だが、着地まで生きていられるかな？」

こちらを振り返りつつある魔人の表情が見えた。奴は実に楽しげに笑っている。

その殺気は先程までの比ではない。

だがヤクモは動じない。

「僕が？　貴方《あなた》が？」

「ジョークのセンスまであるとはね！」

血の剣を生み出した魔人はそれを握り、ヤクモに刺突を放とうとした。

ヤクモは目を閉じた。

瞬間、魔人の眼前で――光球が弾《はじ》けた。

「な――」

魔人は世界を見るのに光を必要とはしない。だがそれは見方が違うというだけで、見え方が大きく異なるというわけではない。彼らの王が太陽を隠した理由は、魔力が生み出せないというだけではないのだ。

彼らにとって太陽の光は、眩《まぶ》し過ぎたのである。

目が眩《くら》んで、視界が漂白されるほど。

スファレにはずっと魔力を練ってもらっていた。魔人の反応速度ならば展開と同時に魔法を破壊される恐れがある。だが今この瞬間、奴は意地になってしまった。二度も自分の裏を掻《か》いたヤクモを着地の前に殺そうと。意識はヤクモに集中し、身体は突きの準備段階。その所為《せい》で一瞬の隙が生まれ、その一瞬で光は爆《は》ぜた。

ヤクモは目を開く。魔人が苦しげに目元を歪めていた。

「見えずとも――！」

ヤクモを殺すくらい出来るのだろう。分かっている。

『刀葬《とうそう》』

十二振りの刀が地面から引き抜かれ、ひとりでに動き出す。鋒《きつさき》を魔人へと向け、一斉に飛びかかる。

「小賢《こざか》しい！」

魔人が血を操る魔法を発動した。

地面が沸騰するように膨れ上がり――違う。大地を濡《ぬ》らす死者たちの血が、魔人の魔力に侵されて操られているのだ。血液が大地から空に向かって流れる。それらは即座に凝固し、彼を守る壁のように機能した。

だが、刀は一振りも欠けない。

「幻刀《げんとう》」

全て、非実在化を済ませていたからだ。

武器化した《偽紅鏡《グリマー》》の基本性能。

魔力防壁でもなければ弾くことの出来ない、不可触化。

「小細工をッ！」

この魔人が魔力強化を施しているのは分かっている。皮膚が硬質化するほどの防御力を誇っていることも。事実、二度の斬撃も皮を薄く裂くに留《とど》まっていた。

だが、それが問題になるのは、刃に実体がある場合だけ。

実体を持たぬ刀の群れは、何物にも妨げられることなく、魔人に突き刺さる。

同時、ヤクモは非実在化を解除。

途端、刃は彼の体内に在ったこととなる。

魔人の動きが一瞬硬直する。

その硬直を狙って、彼の立つ地面から衝撃波が噴き上がった。

斬撃の『拡張』――ネフレンの魔法だ。

刀で串刺しになった傷口が、衝撃によって急速に広がる。体中至る所から血が噴出する。

「ッ!?」

回復に気を回す必要を感じたのか、魔人はようやく後退しようとしたが、遅い。

「逃《のが》しはしない」

トルマリンの魔力防壁が展開されていた。

箱に閉じ込められるような状態。

体中に突き刺さった刀と箱の狭さ、自身の体勢が災いして、魔人は身動きがとれない。

それでも彼には血を操る魔法がある。全身血まみれだが、彼にとっては全身に武器を纏《まと》っているのと同じこと。

だが、魔法を発動する隙など与えない。

彼の下腹部に風穴が空いていた。

「今度はわざと喰《く》らったようには、見えねぇな」

スペキュライトの魔弾。神速にして『必中』の弾丸が貫いたのだ。

魔力炉の消失。

魔人は悩んだ筈《はず》だ。

体内の残存魔力で身体の再生をするか、魔力防壁の突破を優先させるか、あるいは死を受け入れてヤクモだけでも殺そうとするか。

彼が選んだのは最後者《さいこうしゃ》。

いまだ視界が霞《かす》むのか、目を細めたまま、ヤクモに向かって血の剣による刺突を放つ。

ヤクモは空中で回転し、突きを回避しただけではない。

その刀身に、ヤクモは降り立った。

分かっていたのだ。魔人がこの選択することは。それを前提に体勢を整えていた。

腰溜《だ》めからの一刀。トルマリンの魔力防壁は、ヤクモの刃を透過する。

魔人は表情を歪《ゆが》め、刹那、満足げに笑う。

「卵どころではなかったか」

首を刎《は》ねる。

箱の中で飛び跳ねた首が、転がる。血の刃が、液体に戻る。

そしてようやく、ヤクモは着地した。

「……勝った、の」

ネフレンが信じられないといった様子で呟《つぶや》く。

再生する様子は無い。殺気も完全に消失していた。

呼気を漏らす。

「あぁ、僕らの勝ちだ」

第三章／ペルフェクティ・ダンス

一歩間違えれば、全滅するほどの敵だった。

作戦を考える時間を与えられたこと、ヤマト民族であるヤクモに特に興味を示したこと、驕《おご》りか不得手だったのか魔力防壁を展開しなかったことなど様々な要因が重なり、紙一重で摑《つか》んだ勝利だった。

「は……はは、アタシ達《たち》、魔人を倒しちゃった」

まだ実感が湧かないのか、ネフレンが乾いた笑いを漏らす。

「そりゃいいが、どう帰投すんだ」

スペキュライトが壁を見上げて呟く。

昇降機は壁の内と外の四方に配置されている。ヤクモ達が使用した昇降機は魔人に破壊されてしまった。

だが徒歩で別の昇降機へ向かうというのは現実的ではない。

単純に距離があり過ぎるのだ。

かといって救援を待つというのも、どれだけの時間が掛かるか分かったものではない。

ミヤビのような常識外の移動方法を持っている者ならともかく、人類領域の壁は基本的に昇降機無しには越えられない。

『時間は掛かりますが、兄さんなら階段穿攌《かいだんせんかく》で帰れますよ』

冗談みたいな高さの壁に、赫焉《かくえん》粒子製の杭《くい》を打ち込んでよじ登る自分を想像して、ヤクモは苦笑した。

スファレが魔法によって光信号を放ち、現在の状況を伝える。

上にいる者の判断を仰ごうというわけだ。

「昇降機の不具合に関しては把握しているだろうが、現実的な救援手段となると難しいかもしれないね。故障ならともかく、籠が潰れた鉄塊になることは想定していないだろうから」

トルマリンの言う通りだ。

「それでも緊急時のプランはある筈ですわ。今はそれに期待しましょう」

しばらく上の対応を待つことに。

「え、うっそ~。オジサン死んじゃってんじゃんっ！」

突如、場違いに元気な声が聞こえてきた。

スファレでもトルマリンでもネフレンでもスペキュライトでもヤクモでもない。

誰も武器化を解除していないのでそれぞれのパートナーでもなければ、生き残りというわけでもない。

「ダサ過ぎない？　まぁでも百年級《ハンドレッド》だもんねぇ。あの臨死依存症のことだから、ゾクゾクする為《ため》に馬鹿なお遊びに興じた、とか。そんなとこでしょ。違う？」

薄紅——ピンク、というべきか——の髪をした少女だ。両の横髪を編んで、それを後ろで結っている。瞳は髪と同色。幼さの残る顔と身体《からだ》から、十代前半ほどに見える。

ふりふりの衣装に身を包んだ姿は、休日にオシャレして出掛けた女学生のよう。

だが、違う。

壁の外、夜の闇を闊歩《かつぽ》するには、その可憐《かれん》な姿はあまりに異様だった。

両の側頭部から上向きに生えている黒い角が、彼女の正体を主張している。

魔人だ。

そして。

「うそ、でしょ……あれって」

ネフレンが呻《うめ》くように発する。

魔人は二人の人間を引き摺《ず》っていた。

《黎明騎士《デイブレイカー》》第七格《地神《ちしん》》のヘリオドールとテオだ。

呼吸はしている。生きてはいるのだ。だがボロボロで、意識も失っていた。

西を担当していた彼らを倒し、ここまで運んできたというのか。

生け捕りの難度は殺害の数倍。

《黎明騎士《デイブレイカー》》相手にそれを行えるとなると、この魔人の区分はおそらく——特級。

「良い拾い物したし、クリードくんのとこと喧嘩《けんか》したくないからさっさと帰ろうと思って迎えに来たのになぁ、無駄足になっちゃったよー」

魔人の少女がスファレを見る。ネフレンを見る。

トルマリンを見る。笑う。

スペキュライトを見る。笑う。

ヤクモを見る。

裂けかねないほどに、唇を吊《つ》り上げて笑った。

「やばーい！　ブス二匹はあれだけど、イケメンが三匹も〜！　今日は超豊作で嬉《うれ》しいなぁ。しかも、その黒髪あれでしょ？　えーと、そう、ヤマト！　ヤマトの若いオスなんて超超超レアアだし！　絶対連れて帰る！　絶対セレナが飼う！」

『…………クソ女』

状況を理解しているだろうに、アサヒは忌々しげに悪態をついた。

「しかもまだ《偽紅鏡《グリマー》》の中身も確認してないから、もっとイケメンが出るやも〜。セレナそんなにいっぱいペット愛せるかなぁ。しんぱーい」

廃棄領域では家畜化された人類がいるという。

その中で更に、愛玩動物のように扱われる者がいても、おかしくはないのだ。

そして、彼女は自分のお眼鏡に適《かな》う男性を飼うことに楽しみを感じるらしい。

「まずはブスから摘んどこっと」

魔人の少女——名はセレナというのか——に一番近かったのは、スファレ。

彼女のレイピアを握る右腕が、付け根からもがれた。

目で追えぬ速度。

そして、殺気さえ微塵《みじん》も感じなかった。

摘んどこっと。摘んでおこうと。摘む。

もし、彼女にとって邪魔者の殺害が花を摘むに等しいなら。雑草を毟《むし》るのと大差ないなら。

なるほど、そのような行為に殺意など不要なわけか。

先程の魔人の攻撃になんとか反応出来たのは、隠しきれぬ殺意を察知出来たから。

それがない上、相手は特級魔人。

「会長……！」

トルマリンが叫び、セレナとスファレの間に魔力防壁を展開する。

一瞬でスファレとの距離を詰めたヤクモは、彼女の身体を片腕で抱えて後退しようとする。

だが、魔力防壁の外にいるセレナの手には、スファレの腕と、その先に握られたレイピアがある。

そのレイピアは、チョコだ。《偽紅鏡《グリマー》》だ。人だ。

仲間なのに。

パキッ、と。

小枝でも折るように、レイピアが折れる。撓《しな》りはすぐに限界を迎え、破壊されてしまう。

人間に戻ったチョコは、セレナの眼前で膝をついた状態で出現。

「メスかぁ。外れだねぇ」

セレナが地を這《は》う虫を踏み潰すように足を上げる。

特級ならば、頭部ごと大地を踏みしめることも出来るだろう。そうなればチョコは地面のシミだ。

そんなこと、させるものか。

「刀葬《とうそう》ッ！」

赫焉《かくえん》粒子で創られた刀の群れがセレナに襲いかかる。

「うわ、マジ？」

呆《あき》れるように、セレナは失笑していた。

全ての刀剣が、彼女に触れるより前に砕かれる。

弾《はじ》かれたのではない。

ヤクモは綻びを見抜く目を持っている。

だがセレナの攻撃は、ヤクモの攻撃の後に放たれた。

無いものは見抜けない。

その上で、放たれたヤクモの攻撃を魔力で破壊した。

後の先というヤクモの特技が、彼女には通じない。

「いやいや、通じるわけなくない？　あ、でもすごいね。ヤマトなのに遠距離攻撃なんて。魔法……じゃなかったような？　《黒点群》ってヤツ？　レア度更に急上昇～。それも男の子だといいなぁ」

彼女が言い終える頃には、ヤクモはセレナに肉薄していた。

トルマリンの防壁内にスファレを残し、セレナに迫る。

「……速いんだね」

彼女の魔力防壁の綻びを見る。彼女の右斜め前方、ドーム状の魔力防壁表面に発見。

駆け抜ける勢いで刃を走らせる。

薄い膜に鋭い刃を通すように、スッと魔力防壁が裂ける。

一瞬の後《のち》に魔力が粒子と化し、風に溶けて消える。

「あはっ。オジサンが楽しみ過ぎた理由が分かったかも。かーわいいんだぁ」

通り過ぎざまにチョコを腕に抱えたヤクモを、セレナが恍惚《こうこつ》とした表情で見つめる。

「道理？　正義？　大義？　誇り？　それとも、魂への誓い？　ヤマトってそういうの好きなんでしょう？　聞いたことあるよ。仲間を見捨てられないんだよね？　そういうとこ、素敵だと思う。とーってもね。だけどヤマトの男の子、きみがこれから大切に思うのは、セレナだけでいいんだよ？　大事に飼ってあげるからね？」

「御免被る」

「誰がご主人様か、教えてあげる。躾《しつけ》の時間、だね？」

再び、セレナの魔力防壁が展開された。

こちらを下に見ているが、侮ってはいない。厄介な敵だ。

壮年の魔人の時点で、本来は訓練生の手に余る存在だった。

それを切り抜けたと思えば、現れたのは特級と思われる魔人。

ヤクモやトルマリン、スペキュライトや《地神《ちしん》》の二人など、男性の領域守護者を連れ帰って愛玩動物にしようと目論《もくろ》む少女。

チョコはヤクモの腕の中。

スファレの許《もと》へ駆けつけたネフレンが必死に止血を試みている。

この《班》の中で治癒魔法を使えるのはスファレだけ。突然腕をもぎ取られた衝撃の中で痛覚を切り、自身に治癒魔法を施す冷静さが確保出来るか。いや、そもそも治癒魔法を搭載したチョコはヤクモといるのだ。どちらにしろ、今は使えない。

トルマリンは防壁を強化しつつ魔力攻撃でヤクモをサポートしようとするも、セレナの展開する高密度の魔力防壁を前に傷一つ付けられずにいる。

スペキュライトは弾丸に魔力を込めている。魔人セレナの防壁を破れる銃弾にしようとしているのだ。

「かーわいいねぇ」

うっとりとした様子で顔に手を這わせるセレナ。上気した頬に、涎《よだれ》さえ垂らしかねないほどに緩んだ唇。

「きみは速いのにねぇ。きみは強いんだろうにねぇ。足手まといのブスを捨てられないから、身動きがとれない。ご先祖様と同じだねぇ」

「……ご先祖様？」

「ふふふ。知ってるよ？　ヤマトはとっても強かったんだぁ。魔法無しで魔人を斬るサムライだって、何人もいたんでしょ？　けどヤマトの戦士は優しかったから、弱い仲間を見捨てられずに共倒れ、なぁんてことがいっぱいあったんだよ。頑張ったのにね？　魔力炉性能が低いって理由で、新しい世界では差別されちゃって。可哀想《かわいそう》だなぁ。大丈夫だよ？　セレナはきみを、可愛《かわい》がってあげるからね？」

『……不愉快な魔人です』

「あぁ、そうだぁ！　きみと、銃のイケメンくんと、長剣のイケメンくん。あの三人が素直についてくるなら、ブスは見逃してあげるっていうのはどーかなぁ？　優しいきみは仲間を守れるしぃ、セレナはきみを壊さずにゲット出来て超ウィンウィンって感じだと思わなーい？」

ヤクモは考える。

彼女の提案に関して、ではない。

この場を切り抜ける方法を、だ。

「……チョコさん。いいかな」

『うぅ……苦渋の決断です！　でも兄さんの命が第一！』

アサヒは納得してくれた。

確認の意味を正しく理解したチョコが、こくりと頷《うなず》く。

「イグナイト――マルーン・ストリッシャ」

チョコの肉体がレイピアへと変じる。

形態変化の範疇《はんちゅう》なのか、鞘《さや》に収まった状態で腰のベルトに吊り下がる。

ヤクモの接続可能窩《ソケット》は三。

同時に三人までの《偽紅鏡《グリマー》》を展開出来る。

魔法は使えないが、彼女を抱えて動くよりも、こちらの方が機動性が上がる。

セレナは少し残念そうに、上唇を下唇に被《かぶ》せた。

「ぬぅ、そういうことしちゃうのかー。やっぱお仕置きが必要、かな」

『白銀刀塚』

周囲一帯に刀を落とす。鋒《きっさき》が地面に突き刺さり、柄《つか》は天を向いた状態。

赫焉《かくえん》粒子は魔法ではない。形成した物体が破壊されたくらいでは、解除されない。

「いっぱいあっても無駄でしょ」

魔人の声を無視し、大地を蹴る。

「防壁が斬れるんだもんね、近づきたいよね。でも、ダーメ」

セレナの周囲に、純白の粒子が舞う。

『――な』

粒子は雪色夜切《ゆきいろよぎり》を象《かたど》ったかと思えば、創られた十二振り全てがヤクモへ向かって発射される。

「セレナ、天才ってやつなの」

赫焉《かくえん》は、魔法ではない。黒点化による追加武装で、形態変化の延長のような能力だ。

セレナは今、それを再現している。

言うなれば模倣魔法、だろうか。

だとしても。

地面に突き刺さった一振りを抜き、瞬間的に二刀を操る。

「おー、サムライのニトーリュー！」

はしゃぐセレナを置いて、偽の赫焉《かくえん》を切り裂く。

ヤクモは人型の嵐と化し、進路上の刃を残らず砕きながら対象へと迫る。

「ありゃりゃ？」

セレナが創り出した純白の刃は、砕けると魔力粒子となって消えていく。形状を再現しているだけで、彼女が使っているのは魔法なのだ。

「……なんにでもなれる剣を全方位に置いて、セレナを混乱させようとしてる？　確かに前に集中してる時に後ろの剣が襲ってくるかもとか、右を見たら左から襲われるかもとか考えちゃうねぇ。じゃあ、こういうのはどうかな？」

土がせり上がった。

ヤクモの展開していた赫焉刀《かくえんとう》の全てが、土の棺《ひつぎ》の中に閉じ込められる。

『……兄さん、戻せません』

ただの土なら貫いて戻せる筈《はず》だ。

つまりこれも魔法。

「《黎明騎士《デイブレイカー》》の魔法だよ？　綻びは外側にちゃあんと用意したけどー、でも粒子はもう無いみたいだから無理かな？　近づけさせるつもりも、ないし」

下唇に人差し指を当てて、彼女はにっこりと笑う。

そうしながらも、絶えずトルマリンの攻撃を捌《さば》いていた。

トルマリンの魔力攻撃は、セレナの防壁に弾かれ続けていた。

ヤクモは構わず進む。

「……諦めが悪いなぁ」

「――ショット」

スペキュライトの魔弾が土の棺の一つを貫く。

空いた穴から粒子を脱出させ、刃に変換、即座に他の棺の綻びを斬る。

「銃の子もいいなぁ。ツンツンしてるけど、落としたら甘々になりそうでかわゆいのぉ」

スペキュライトが撃った弾丸は、二つ。

一つは土の棺。

もう一つはセレナの魔力炉を狙って放たれていた。

それはセレナの魔力防壁を貫通したが、目標には届かない。

何故《なぜ》ならば、彼女が、弾丸を指で摘《つま》んで止めたからだ。

「ご主人様に銃口向けたら、メッ、だよ⁉」

『必中』は対象に触れたことで解除され、消失する。

すかさずトルマリンの魔力攻撃がセレナを襲うが、腕の一振りで全てが破壊されてしまった。セレナが展開する魔力強化は、それほどまでに強力。

「ガッ――⁉」

スペキュライトが呻《うめ》く。

突如として、地面から槍《やり》が生えてきたのだ。深紅の槍はスペキュライトの右手を貫き、彼の拳銃をも破壊する。

――さっきの魔人の魔法か！

周辺の血に魔力を通わせ、操ったのだ。

武器が破壊されたことによって、ネアが人間の姿に戻る。

「なぁに？《偽紅鏡《グリマー》》はブスばっかじゃん。要らなーい」

ネアは足が動かない。だから、逃げられない。

「姉貴！」

スペキュライトが咄嗟《とっさ》に姉を突き飛ばす。

彼の身体《からだ》に、透明の刃が突き刺さった。

今度は、トルマリンの魔力攻撃の模倣だった。

まるで見せびらかすように、多彩な攻撃手段を用いるセレナ。

「あ、あ、あ、そんな……そんな、スぺくん？　スぺくん……ッ！」

ネアが顔面を蒼白《そうはく》にし、弟に縋《すが》り付く。

「え～～～～、銃の子もブスを護《まも》っちゃうタイプだったの～。お願い死なないで～」

『断頭』

彼女の魔力防壁はスペキュライトが破壊してくれた。

そして今、セレナの意識は彼に向いている。この一瞬を、無駄にはしない。

「あれ？」

セレナがヤクモを見た。

放たれた白刃は目標過《あやま》たず首へ到達した。

だが、それだけだった。

彼女の首を守るようにして、極小の魔力防壁が板状に展開されていたのだ。

「わぁ、本当に凄《すご》いねぇ。意識の隙間って言うのかなぁ、入り込むのが上手《うま》いんだねぇ。

でも本当にごめんね？　普通、弱点くらい守るでしょう？」

綻びはどのようなものにも生じる。

だが、基本的に大きければ目立ち、小さければ目立たなくなるものでもある。

特級魔人の魔力が、極小の防壁へ注ぎ込まれている。その密度は凄《すさ》まじく、簡単に打ち破れるものではない。

魔力の偏りなんてものが生じるには小さすぎるが為《ため》に、ヤクモの目でも綻びが見抜けない。

ほんの僅かに、かすり傷ほどの痕《あと》を刻んだだけ。

魔力防壁には、己の認めたもの以外全てを弾《はじ》く効果がある。

非実在化された刃も例外ではない。

あの防壁で急所を守られてしまっては、それを破壊する他に敵を傷つける方法はないのだ。

「もう終わりかな？」

「終わるものかッ！」

『追刀《ついとう》十二連』

「――んッ」

赫焉《かくえん》粒子によって創られた雪色夜切《ゆきいろよぎり》――赫焉刀《かくえんとう》によって、本体の斬撃を後押しする。

彼女の首に展開された魔力防壁、そこに僅かではあるものの確かに付けた傷を、更に深く切り込めるように。

続けざまに、十二の刀が雪色夜切《ゆきいろよぎり》を打つ。宙を舞い、斬撃を放つ。

「う、おぉぉぉぉぉぉぉ……ッ！」

「あ、ハッ！　すごいすごい！　でも足りないよ！　サムライくん！」

「これならばどうだ」

ロングソードが、更なる衝撃を与える。

「あ」

駆けつけたトルマリンが、斬撃と共にセレナを睨《にら》みつける。

「魔力操作だけだとでも思ったか。私達を見縊《みくび》るな、魔人」

「……アタシだって、同じ《班》なのよ！」

ネフレンの衝撃波も、怒濤《どとう》の如《ごと》く後押ししてくれる。

ぐい、と手応え。

不動に思えた防壁の抵抗力が、弱まる。

セレナの瞳から、ようやく余裕が消えた。

彼女の首に、刃が食い込む。

◇

特級魔人の戦闘能力は《黎明騎士《ディブレイカー》》にも匹敵する。

事実《黎明騎士《ディブレイカー》》第七格を打倒し、距離の離れたヤクモ達《たち》の所まで軽々と現れた。

だが壮年の魔人と同じく、セレナにもまたその能力を十全に発揮しない理由があった。

少年達の拉致が目的であるが故に、殺さないようにと手心を加えていたのだ。

それがなければどうなっていたか分からない。

だが、現実としてそれは存在し。

ヤクモ達の刃は、その首へ確かに食い込んだ。

「――――い、やだ！」

消える。

忽如《こつじょ》として対象が掻《か》き消えたが故に、ヤクモとトルマリンの刃は流れる。

崩れる体勢を即座に立て直し、周辺を見回す。

今は模擬太陽の消灯時間。本来ならば真っ暗闇に包まれている。

だが緊急時は壁上にとりつけられた照明が点灯し、戦場を照らすのだ。

スファレの光球は腕の喪失と共に解除されてしまったが、壮年の魔人を倒したあとの光信号は仲間に伝わっていた。

おかげで、ヤクモたちの周囲には微《かす》かにではあるものの、光が届いていた。

その光が照らす範囲外に、ヤクモは気配を感じ取る。

荒々しく波打つ精神の揺れが示すのは緊張や驚愕《きょうがく》、そして――恐怖。

先程の攻防。セレナに回避する余裕はないように思えた。跳躍による回避はない。予備動作はほとんど感じられなかった。

ただ、微かに魔力が熾《おこ》ったように思う。

では、身体を動かことなく移動を行う魔法、なのか。

これまで彼女はヤクモ達が知っているやり方でしか魔力を使わなかった。

戯《たわむ》れに課した自らの禁を破るということはすなわち、それまであった余裕の喪失を意味し。

人間ごときにその余裕を破られた特級指定魔人は、殺気を迸《ほとばし》らせた。

「……逃げた？　セレナが、人間から？　避けるだけでよかったのに、こんなに距離をとるなんて……あ、はは。うふふふふ。とっても素敵だねぇ。屈服させ甲斐《がい》があるよ」

ゆっくりと、光の圏内に戻ってくるセレナ。

その顔は、嗜虐《しぎゃく》の笑みに歪《ゆが》んでいる。

「きみ達はかーわいいけどね、何事にも許せる限度というものがあるでしょう？　それを越えたら、優しいセレナでも怒っちゃう！　でもこれは愛のムチだから、必要なことだから、ね？」

光が奔《はし》った。

直後に音。

「あ、がっ」

トルマリンがビクビクと震えたかと思うと、その身体が――焼け焦げていた。

――雷撃。

刹那を走り、刹那に着弾するのは、魔法による雷槌《らいつい》だった。

またしても、知らない魔法。

「トルッ！」

意識を失って倒れる彼を、武器化が解除され人間状態に戻ったマイカが受け止める。

ヤクモは咄嗟に二人を庇《かば》うように前に出た。

「そうすると思った。もう近づかないよ。サムライは、天の嘶《いなな》きにどれだけ耐えられるのかなぁ？」

セレナは笑っているが、そこに先程までの甘さはない。

『……大丈夫ですよ兄さん。大昔のサムライには雷を斬った者もいたようですから』

妹は、兄を励まそうとしているのか。

「分かってる。アサヒとなら、出来るよ」

「いいなぁ、そういう信頼関係。セレナときみも、すぐに築けるよ。楽しみ、だね？」

バチバチと、彼女の掌《てのひら》の上で雷光が圧縮されるように瞬く。

「ヤクモ！」

ネフレンが隣に並び立つ。

「アタシに出来ること、何か、何でもいいから、何か――」

「ブスは退場してもらえる？」

セレナがネフレンに向かって雷撃を放つ。

彼女がその形状を選択した理由が分かった。迸るようにして迫る雷撃は、絶えず形を変えている。一瞬を駆け抜け、その一瞬の内でさえ何度も構成が変わる。

瞬《まばた》きほどの間に、綻びの位置が数回も変わるのだ。

ヤクモが綻びを斬るなら、反応が間に合わぬほどの速度で綻びの変化する魔法を放てばいい。

単純だが、効果的な対策。

『っ。十二刀流！』

粒子が生み出せる限界が、現状は十二振りの赫焉刀《かくえんとう》なのだった。

ヤクモは雪色夜切《ゆきいろよぎり》を正眼に構える。

十二振りの赫焉刀《かくえんとう》はヤクモのやや前方で、中空に浮いている。

雷撃を、見る。

瞬きが終わるよりも更に短い時を刻み、刻み、刻み込んで、限界まで引き伸ばす。

実際には、それは一瞬にも満たない思考であった。

意識さえ出来れば、ヤクモにはそれでも充分だった。

十二振りの刀を、振り下ろす。

一瞬で全てが電熱に灼熱《しやくねつ》され、赤に染め上げられた後《のち》に炭化して砕けた。

だが同時に放たれた最後の一刀は違う。

一瞬で数回も綻びが変わる？

ならば、一瞬で十三撃を加えるまで。

十二の斬撃によって候補は塗り潰した。

『――――ッ、うっ！』

後は残ったそれを、斬りつけるのみ。

「雷切」

静電気のような放電音と共に、雷撃が弾けた。

光が散り、消える。

粒子に戻った赫焉《かくえん》をすかさず刀に再変換。

「ネフレン。盾でトルとマイカを守りつつ、会長のところまで後退して」

緊急事態故、敬称は省いて指示を出す。

「りょ、了解」

ネフレンは目の前で起きたことに目を見張りながらも、即座に指示に従った。

『……兄さん』

「分かっているよ」

赫焉《かくえん》は破壊されても即座に粒子に戻り、再び望む形をとることが出来る。

が、そもそもの大前提を思い出せばすぐにそれがどれだけ困難なことか分かる筈《はず》だ。

《偽紅鏡《グリマー》》は自らの肉体を武器に変換する。

通常はそれが破壊されることで強制的に人間の姿へと戻る。

武器の破壊は擬似的な肉体の破壊に他ならず、その衝撃は武器化を維持出来ぬほどに大きいということ。

だが赫焉《かくえん》は武器化を維持したままに破壊と再生を繰り返す。

そんなことが、無限に繰り返せるわけがない。

形作ったものをヤクモの意思以外で崩されるのは、妹の精神にとんでもない負担を強《し》いるのだ。物理的に破壊されるならまだしも、雷撃によって炭化するような、性質が変化してしまうほどの変化は消耗も激しい。

『……いえ、大丈夫だと言いたいんです。誓ったでしょう。わたしはもう折れないよ、夜《ヤ》雲《クモ》くん』

「……分かっているとも」

雷撃は斬れる。

だが仲間を守りつつセレナに接近し、後どれだけあるか分からない未見の魔法をくぐり抜け、たった一組で魔力炉と頭部を同時に破壊出来るだろうか。

出来たとして、その死闘の末に、妹の精神が無事で済む保証は無い。

彼女を失う未来がちらついただけで、ヤクモの刃は容易《たやす》く鈍る。

だって、出来るものか。

誰よりも幸福になってほしい相手を犠牲にした特攻など、誰が出来るというのだ。

可不可ではなく、これは魂の問題だ。

セレナが衰退の原因と笑った、ヤマトの戦士の心の問題だ。

「あぁ、あぁ！　さいっっこうだよきみ！　凄《すご》い！　凄すぎる！　雷を、斬る？　意味分かんないけどとにかくすんごいよ！　欲しい欲しい欲しい欲しいなぁ！　うっかり殺さないよう、気をつけないとなぁ！」

「気をつけるべきは、他にもあるようだが」

次の瞬間。

セレナの身体《からだ》が、横合いから撥《は》ねられる。

「うっ？」

彼女を殴りつけるように、土が隆起したのだ。

セレナはそのまま人類領域の壁に激突した。

大剣を構えた、二十代半ばほどの青年。

そうだ。彼がいた。

意識を失っていたとはいえ、生きていた。目を覚ましてもおかしくはない。

《黎明騎士《ディブレイカー》》第七格。

《地神《ちしん》》ヘリオドール・テオペア。

セレナは無傷で立ち上がる。いや、一瞬で再生したのか。

服の汚れを払いながら、彼女は笑う。

「あー、忘れてたなぁ。クール系と美少年のコンビってのが美味《おい》しいから、きみらも殺さないようにお仕置きしないとねぇ。さっきみたいに、さぁ」

　ヘリオドールがヤクモの隣に並び立つ。

　周辺の屍《しかばね》と《班》の仲間達《たち》を一瞥《いちべつ》し、表情を険しくした。

「君がミヤビの弟子だな。悪いが、感謝と謝罪は後回しに」

「えぇ、まずは魔人ですね」

　言葉少なに話をまとめ、共同戦線を張る。

「男の子同士のそういう『わざわざ説明しなくていいだろ』的な会話、好きだなぁ。セレナのペットになった後でも、仲良くするんだよ？」

「魔人に愛玩されることを望む感情は無い」

「すぐに、セレナに頭《こうべ》を垂れて、舌を出しながら尻尾を振るようになるってぇ。おすわりとかお手とか、色々と芸を仕込んであげるからねぇ」

　ヤクモが駆け出す。

　疾風のように大地を走る。

「バチバチ〜」

　雷撃。

　だがヤクモは止まらない。

　雷魔法はヤクモに当たるより前に、せり上がった土壁に阻まれた。

　電光を散らしながら、雷電は壁から地面へと流れて散る。

「むぅ？」

不思議そうに首を傾《かし》げたセレナだが、立て続けに数度雷撃を放つ。

その全てが土壁に防がれた。

その間、ヤクモは一度も減速していない。

雷撃の軌道上に出現した土壁は、ヤクモがその地点に到着する頃には消えているのだ。

「……きみ達、元々知り合いなの？」

僅かばかりの躊躇《ためら》いもズレもないコンビネーションに、セレナが訝《いぶか》しがる。

長年組んでいたかのような息の合い方に疑いを持ったのだろう。

そう思うのも無理は無い。

だが当然、ヤクモ達とヘリオドール達に繋《つな》がりは無い。

ただ、互いに知っているだけだ。

ヤクモは《黎明騎士《ディブレイカー》》第七格として、ヘリオドールはミヤビの弟子として。

能力と、それをどう使えるかも。

それだけ分かれば充分。

「じゃあ、こうしよっかなぁ」

黒い、槍《やり》だ。

虚空から生み出した漆黒の槍を、セレナが構えている。

「気をつけろ少年！　その槍は防げないッ！」

「あはは、きみはこれに負けたんだもんねぇ」

彼女はそれを、投擲《とうてき》する。

──投げ槍か！

防げないということは、『必中』に近い性質の魔法なのだろう。

だが《黎明騎士《デイブレイカー》》をして防げないのであれば、魔力とは無関係に『必ず貫く』という性質を付与されていると考えた方が自然か。

とにかく、簡単だ。

避けられないとは、言っていなかった。

『四足《しそく》』

初めてネフレンと戦った時に使った走り方だ。

限界を超えた前傾姿勢をとり、四足獣を思わせる加速を行う。この姿勢の維持に必要な速度を出せば簡単に軌道修正は利かないのが難点だが、その甲斐《かい》あって槍の回避と加速を両立。

一瞬前までヤクモの胸部があった空間を、槍が通り過ぎる。

ヤクモは獣の如《ごと》き姿勢で大地を蹴り、セレナへと迫る。

「仲間はボロボロなのに、きみだけはいつも綺麗《きれい》に避けるねぇ」

『……ほんとうにむかつく女です』

アサヒが憎々しげに呟《つぶや》く。

セレナとの距離は確実に、急速に、縮まっている。

彼女は魔力防壁を展開しなかった。ヘリオドールに破壊されると分かっていたのだろう。

セレナが悩ましげな声を上げる。

「……あぁ、嫌だなぁ。でもでも、仕方ないかなぁ。ねぇきみ達、死なないでね？」

豪炎が。

視界を埋め尽くすほどの炎が、突如として生じた。

ヤクモが見たことがあるのは小川の流れくらいだが、聞いたことがある。海という、見渡す限りの水溜《みずた》まりがあり、そこではその膨大な水がうねりを上げて波というものを生み出すのだと。

これは、火の海だ。

そして、炎の大波だ。

それがヤクモ達を呑《の》み込もうと迫る。

『――なっ、これ、雌狐《めぎつね》の魔法じゃないですか！』

ミヤビの魔法を見たことがあったのか。あるいは今日か。模倣の条件は不明だが、遠目でも見ればよいのなら、今日習得していたとしてもおかしくない。

以前ヤクモは師の放った魔法を斬ったが、あれはミヤビがヤクモ達を試す為《ため》に放ったものので、魔法の綻びが明らかだった。

だがこれは違う。

眼球が蒸発しそうな熱波が急接近する中で、綻びを探し当てる時間は――無い。

「少年！　探し当てろ！」

ヤクモの立っている地面がせり上がり、地上が一気に遠ざかる。

波の頂点をも越して、ヤクモは半ば空に立っていた。

ヘリオドールが、時間を作ってくれた。

『時間がありません！』

それでも、ゆっくりしている余裕はない。

足元の土が呑まれた。

足場が崩れていく。

このままでは豪炎の中に落下し、全身を焼かれることになろう。

落下しながらもヤクモは視線を巡らせる。

「……見つけた。けど」

綻びを断って魔法が壊れるのは、魔力の流れを乱すことで、魔法の形を保てなくなるからだ。

だが、ここまで大規模な魔法では、一部の魔力が乱れても発動それ自体は阻害されない。

それを起こそうと思えば、複数箇所に傷を付け、破壊出来るだけの乱れを生じさせる他ないのだ。

彼女は模倣は出来ても、完全再現は出来ない。それは赫焉《かくえん》を模倣した時の精度からも明らか。

ミヤビの魔法では更にそれが顕著になっていた。

いや、ヤクモに斬られないようにと敢《あ》えて上部に綻びを集中させたのかもしない。

どちらにしろ、切り込める箇所は無数にあった。

だが、手数が足りない。

「きみは左半分を！　ルナが残りをやるから！」

上から、叫び声がした。

『——な、んで』

昇降機はない。

その人物は身一つで壁からダイブしたのか、落ちてきていた。

グラヴェルの身体を使って動く、アサヒの妹。

ルナが、空から降ってきた。

アサヒとは違い、ヤクモは動じなかった。

——救《たす》けに来たんだね、お姉さんを。

「千刃嵐舞《せんじんらんぶ》」

『っ。しょ、承知！』

十二振りの刀では足りない。サイズを小刀サイズにすることで、千とは行かずとも大量の刃を生み出す。そしてルナが言ったように、ヤクモから見て左側の綻びに向かわせた。

『ツキヒに綻びを見る目はありません！　兄さん、このままじゃあの子が！』

妹が不安そうに叫ぶ。

「大丈夫だよ」

ルナは確かに、ヤクモに出来ることが出来ないかもしれない。

だが、ヤクモだって彼女がこれからするだろうことは出来ないだろう。

彼女は魔力強化でヤクモの魔法破壊を再現した。

今回は魔法を使わないという縛りも設けていない。

「闇の中で十年もがかなくたって、魔法くらい斬れるんだからっ！」

ルナが落ちる中で何度も何度も刃を振るう。空を斬る。その動きは一見すると洗練されておらず、落下死を恐れる者の醜い足掻《あが》きにさえ思えた。だが違う。

『あ——そっか』

ルナ＝オブシディアンの搭載魔法の一つ。

攻撃の『複製』。

彼女は空を斬ったその斬撃を、ヤクモから見た豪炎の右半分表面に数百以上『複製』した。

手当たり次第に、一瞬で数百の斬撃を叩《たた》き込んだのだ。

ヤクモのように狙った箇所を切り裂くのと、結果は同じ。

効率の悪さを、魔力量と魔力操作能力、魔力展開速度で補った。

結果。

ぐつぐつと、まるで沸騰するように炎が揺れ動き、やがて——泡が弾《はじ》けるようにして掻《か》き消えた。

すかさずヘリオドールが二人分の土の道を作り出し、二人を受け止めた。

二人が着地すると、土の道はすぐさま縮み、地面まで連れて行ってくれる。

セレナはそれを邪魔しなかった。

ただ目許《めもと》を歪《ゆが》めて、苦々しい笑みを浮かべている。

「また無傷？っていうかさ、ドブスの新キャラは要らないんだけどな？」

そんなセレナを、ルナは嘲笑した。

「はぁ、鏡見てから言ってくれるかな？　あ、魔人の世界には無かったりする？」

「…………きみ、殺すから」

《黎明騎士《ディブレイカー》》一組に、訓練生とはいえ圧倒的な力で学内ランク一位を誇るグラヴェルとルナ、そしてトオミネ兄妹。

目の前の戦力をどう測ったか、セレナは面倒くさそうに肩を落とす。

「あーあ、ここまで攻略が面倒になるなんて思わなかったなぁ。でも、その方が落とした時に気持ちいいかも？」

セレナの余裕を、ルナが笑う。

「人間相手に欲情？　きみってば変態だね」

「愛情、だよ。人間は《偽紅鏡《ペット》》を可愛《かわい》がらない人の方が多いみたいだけど、魔人《セレナ》は人間《ペット》の男を愛せるの。優しいでしょう？」

「その上から目線がむかつくよ」

「変なブス。上から目線も何も、セレナは人間より上位の存在なんですけど？」

「そう。参考までに教えてくれる？　きみは千年級《ミレニアム》？　百年級《ハンドレッド》？　それとも……十年級《トドル》？」

セレナが笑みを消す。

人間側が設定した魔人の区分は脅威度順である『級指定』だが、魔人側が自身らを表す区分は違う。

どれだけこの世界で生きているか。

悠久を生き、弱者は淘汰《とうた》される魔人だからこそ、生きた年数がある程度実力を判断する基準になるわけだ。

ルナは今、セレナを挑発した。意図的に区分を二つ、無視したのだ。

万年級《エルダー》、そしてそれを超え最早《もはや》死を超越したと言われる不滅者《イモータル》。

更に、十年級《トドル》を候補に入れた。

魔人からすれば、生まれて間もない赤子のようなもの。

そうである可能性を人間に指摘された。

「よちよち歩き《トドル》って言わないでよ。セレナ、その呼び方嫌いなんだぁ」

ヘリオドールがぴくりと肩を揺らした。

ヤクモもその気持ちを理解出来る。

『……嘘《うそ》でしょう。あの女、これだけの力があって百年生きてないんですか!?』

壮年の魔人の方が余程長生きだったわけだ。セレナは彼を百年級《ハンドレッド》と言っていた。

彼の言っていた言葉を思い出す。魔人は成長限界点より先へは進めない。だから格上を相手にすれば諦める。生きた年数はあくまで指標であって、絶対的に格を分けるものではない。

彼女のように、百年を生きずしてこれだけの力を持つ者もいる。

セレナはヤマトについて語っていたが、あれは実体験ではなく伝聞なのか。

「十年級《トドル》は十年級《トドル》でしょ。あれ、でもおかしくないかな？　赤ちゃんがペットを飼うとか、百年早いんじゃないの？」

「——舌を引き千切ってあげる」

『あの子、なんで挑発なんか！』

アサヒは気が気でない様子。

だがヤクモには分かる。戦い方を見る限り、確かにセレナは未熟だ。攻撃されても命の危機を感じるまで避けようともせず、避けたら避けたで過剰に距離をとっていた。攻撃は強力だが大雑把で、少し通じないと、魔法の性能に頼った大技で切り抜けようとする。

強大な力を持った子供というのが相応《ふさわ》しい。

未熟な強者。厄介だが、付け入る隙があるとすればそこだろう。

実際、挑発によって彼女の意識はルナに釘付《くぎづ》けになっている。

ヤクモとヘリオドールがその間に動けるわけだ。

「セレナはそこまで馬鹿じゃないよ？」

ぐんっ、と彼女の首がヤクモに向けられた。

「きみは強い。認めてあげた。だから、近づけさせない。言ったよね？」

セレナの腕が、ある方向へ向く。

「仲間を見捨てられないヤマトの戦士くん、頑張って」

ネフレン達《たち》に向かって高威力の魔法を放つ気だ。

彼女はヤクモを警戒すべき相手と認めた。

そしてヤマトの性質も知っている。

「ヘリオドールさ……ん」

土の壁で仲間とセレナを隔ててもらおうと彼に視線を飛ばし、唖然《あぜん》とする。

その胸に、黒い槍《やり》が刺さっている。

彼は倒れなかったが、苦悶《くもん》の表情を浮かべなんとか耐えているといった様子。

魔法の展開は一瞬の差で間に合わないだろう。

——いつ投げたんだ!?

「誰もがきみみたいに、避けるのが上手なわけじゃあないんだよ」

笑うセレナに、グラヴェルの身体《からだ》を操るルナが斬りかかる。

ヤクモは魔法の軌道上に身を晒《さら》すように駆け出した。

「セレナが赤ちゃんなら、君達はまだ世界に何の影響も及ぼせない胎児でしょ」

「ハッ！　その胎児が時間を稼いだから、お前さんは屍《しかばね》を晒すことになんだぜ？」


空から太陽が落ちてくる。

和装の麗人、ヤクモ達の師、《黎明騎士《デイブレイカー》》第三格。

《黎き士《くろきさむらい》》ミヤビ・チヨペア。

担当箇所の魔人を倒し、ここへ駆けつけてくれたのか。

ヤクモ達が紡いだ時間は、無駄ではなかったのだ。

「一刀落日《いっとうらくじつ》、喰《く》らえよ魔人」

ミヤビの大太刀は、太陽の如《ごと》く光を放っている。

その輝きにセレナは目を眇《すが》め、忌々しげに唇を噛《か》んだ。

「……魔力炉、が」

魔人は闇の中に在ってこそ魔力を生み出すことが出来る。

ミヤビとて擬似的な太陽とでも言うべき剣戟《けんげき》は長時間維持出来ない筈《はず》だが、そんな時間は必要無い。

後はただ、斬るのみ。

「あ～～～もうっ！　あと少しだったのに！」

「あぁ、その少しが為《ため》にあたしらは戦い、その少しを稼ぐ為に命が失われ、そうして繋《つな》がれた僅かな時を以《もっ》て、人類《ヒト》の刃は魔族《お前ら》を斬るのさ」

「セレナは――斬られないよッ‼」

ミヤビの刃は、セレナを斬る筈だった。

彼女の姿が消えた。

残った全ての魔力を一挙に開放するのが、一瞬だけ見えた。

ミヤビの一刀が、虚空を斬る。

『……空間移動で逃げたんですね。全魔力を使ったとすると……もう追えないでしょう』

アサヒの言ったことに、ミヤビも思い至ったらしい。

「んあぁ～～～。情けねぇ！　済まねぇお前ら！　あんな決めゼリフ吐いておいて取り逃がしちまった！　あぁクソ！　好きに責めてくれて構わねぇ！」

何を言っているのだ。

ただの刃の一振りで、あの魔人を人類領域から追い払った。

その凄《すさ》まじさに憧憬の念を抱くことはあっても、責める気など湧いてこない。

『えぇい使えない女ですね！　折角兄さんが必死で繋いだ時間を無駄にしおって！　無駄巨乳！　無能おっぱい！』

妹は全力で責めていた。

だがそれも、安全が確保されたからこそ言えることだろう。

グラヴェルの身体を使うルナは、バツが悪そうに立っている。

今になって、姉を助けにきた件をどう説明したものかと悩んでいるのかもしれない。

本来、彼女はこの戦いに召集されていないのだ。

この都市に存在する五つの名家——五色大家《ごしきたいか》。

ルナはその筆頭である、オブシディアン家の者だ。

そんな実家の権力を行使したのか、それとも別の方法によるものか、とにかく姉の参加を遅れて知り、急いで助けに向かったのだろう。

何故《なぜ》ならグラヴェルは訓練生の制服ではなく、部屋着だった。準備時間が無かったことが窺《うかが》える。

「だがその前に治療だな。ヘリオドール！　お前さんは自分で治せんだろ？」

ヘリオドールは悔しそうに頷《うなず》く。

「……あぁ。助かった、ミヤビ」

「はっはっは！　格上は格下を助けてやるもんなのさ！」

ぐ、とヘリオドールが唇を噛む。

黒い槍は既に消えている。彼は自身の手を腹部に当て、治癒魔法を展開していた。

テオに搭載されているのは土属性魔法だけではないらしい。

——そうだっ！　みんなは!?

ヤクモが仲間の方を向くと、青い制服に身を包んだ少女が仲間達を治療しているところだった。

ルナがぼそりと呟《つぶや》く。

「……『青』の六位だよ。治癒使えるの知ってたから、壁の縁で見つけて連れてきたの」

《蒼《あお》の翼》の訓練生、か。

壁の下では姉が怪我《けが》をしているかもしれないと思い、急遽《きゅうきょ》連れてきたのだろう。

『連れてきたって、ツキヒは落ちてきましたよね』

引き摺《ず》って壁から跳んだのか。

「べ、べつにきみを心配したわけじゃないから！　一位の責務っていうか、四十位の雑魚が功績上げる中で何もしないなんて沽券《こけん》に関わるってだけ！　じゃなきゃ夜鴉《よがらす》なんかに加勢するわけないし！　あーあ、つかれたなー！」

ぷいっとそっぽを向く。

これまでの彼女の行動や発言は目に余る。許したわけでもなければ、勝つという意志は変わらない。

だがそれでも、彼女はアサヒを助けにきたのだ。

「ありがとう、ツキヒさん」

「ルナだって何度も言ってるし！」

怒鳴るルナに苦笑し、ヤクモは仲間達の許《もと》へ駆ける。

第四章　デア・フライシュッツ

　ヤクモはあるものを捜していた。

『……や、クモ、様。発見……しました』

　頭の中で声がする。

『ぬわぁ！　違和感が凄まじい！　兄さん、もうチョコさんは解除してもいいでしょう！』

《黎明騎士《デイブレイカー》》が二人もいるし、魔物の気配も無い。

　ヤクモは腰に吊《つ》るされたレイピアを人間状態に戻す。

　そのチョコが駆け出した。

　ある地点で止まる。

　大切なもののように拾い上げたのは、主の右腕だった。

　治癒魔法は傷を塞ぐことしか出来ない。だが無くした方の腕さえあれば、傷口同士を繋ぐことは出来るかもしれない。

「行こう」

　スファレの許へ駆ける。

『青』の六位は、飴色《あめいろ》の髪の少女だった。腰までの髪はボサボサで、手入れされているようには見えない。眼鏡を掛けているが大きさが合わないのか、時折ズレている。制服のサイズも合っておらず、そういったことには無頓着なのかもしれない。

怯《おび》えた様子で忙《せわ》しなく周囲を確認している。

「みんなは大丈夫ですか」

「ひぃぃぃぃぃ……！」

声を掛けただけで怯えられた。

『失礼な女ですね。まぁ黄色い声を上げる雌共よりはマシですが』

「あ、夜がら……あわわっ、すみませんすみません！　間違えただけなんです！　ごめんなさいヤマトのお方！　どうか殴らないで……！」

「……殴ったりしないよ」

怯えたような視線を向けられる。

「け、蹴られるのもイヤです」

「蹴らないよ」

「き、斬られる!?　どうか命だけはご勘弁を……！　許してもらう為なら、割とどんなことでも致しますので！」

『ヤマト式ドゲザをしてもらいましょう。罪状は巨乳罪です』

妹の悪ふざけは無視。

だが確かに、少女も胸が大きかった。ペコペコと頭を下げる中で揺れている。

「きみを傷つけたりしないよ」

「そ、そんな……ではわたしの家族を!? うぅ……差別用語をうっかり口にした罪はそこまで……」

「……多分コイツ、アンタとアタシの決闘のこと尾ひれつきまくりで聞いたんでしょ」

疲労の滲《にじ》んだ顔で、ネフレンが言う。

目の前で家族を侮辱するものだから決闘を申し込んだ。

それが、ヤマト民族を馬鹿にする者は問答無用でボコボコにする、くらいまで歪《ゆが》んで伝わったのなら、少女の臆病そうな性格と相俟《あいま》って、このような態度になっても仕方はないのか。

「悪意が無いのは分かったから、大丈夫。怒っていないよ。それよりも頼むから、仲間の安否を聞かせてほしい」

少女はしばらく疑うようにこちらを見上げていたが、やがて頷いた。

「壁内に戻るまで、命を繋いでみせます。ただ倒れた三名は例外なく致命傷を負っているので、その、この場で完治まで治癒は出来ないんです」

片腕を引き千切られたスファレ、魔力攻撃で胸を貫かれたスペキュライト、そして雷撃をその身に受けたトルマリン。

「……体力が保たない？」

「はい。これが本当に難しくてですね、傷の治癒を優先させるばかりに死なせてしまうという例も多いですし、慎重を期さねばならないところで。本当ならわたしじゃなくて正隊員の方を連れてくるべき重傷なんです」

「仕方ないじゃん、『青』の正隊員で誰が治癒持ちかなんて見分けつかないよ。でもきみは大会に出てるのを見た」

グラヴェルの身体《からだ》を操るルナが現れ、言い訳のように言った。

そういえば、仲間を治療する少女には見覚えがある。

『青』の訓練生で、学内ランク六位《無傷《むしょう》》アンバー＝アンブロイド。

彼女はとにかく傷を恐れ、かすり傷でも治癒して戦う。傷を負わないのではなく、傷を負っても即座に治す。一瞬以上、彼女を負傷状態にしておくことは出来ない。傷の無い自分を維持する。

治癒魔法に限っていえば、正隊員にも引けを取らない実力者だ。

「……うぅ、将来を考えてなるべく好成績を収めようと頑張ったことが裏目に出るなんて。そもそも壁の外になんか絶対出たくないから『青』を選んだのに……」

「なら『赤』と『光』でもいいじゃん」

「『赤』は街の違法行為と戦わなければならないので最悪死にますし、『光』は活動内容が秘匿されているので危険な任務に従事する可能性が拭えませんから」

「『青』もたまには外に出るでしょ。残飯処理係に餌を届けたり、とか！」

ルナがあからさまにこちらを見て、馬鹿にするように言う。

壁の外で暮らすヤマトの民を、敢《あ》えて馬鹿にしたのだろう。

「あぅ、えぇと、だからそれは訓練生の時にロクな成績を収められなかった者達《たち》に割り振られる仕事なんです。最終的に高収入で安全な仕事を確保する為には、『青』で優秀訓練生になるのが尤《もっと》も危険が少ないと判断しました……不慮の事故の恐ろしさを、軽視していたことを認めねばなりません」

ヤマトの村落に食料を届ける者達はとにかく態度が悪かった。訓練生時代に結果を残せなかった所為《せい》でハズレくじを引かされたという不満もあったのかもしれない。

ちらっ、とアンバーがヤクモを見る。雪色夜切《ゆきいろよぎり》も。

「あ、あの！　でもわたし、全力で頑張りますから！」

スファレの腕の話題になると、難しい顔をされる。

「この場でくっつけるのは無理ですね。腐ってしまわないよう鮮度を維持しますので、それもわたしに任せてください」

彼女は正隊員を呼ぶべきだと言っていたが、致命傷を負った三人を死んでしまわないよう気をつけながら治療し、受け答えにも滞りなく、更には切り離された腕の保存まで行う。いきなり連れてこられたというのにこれだけの能力を発揮出来る彼女は、稀有《けう》な人材だ。

「オレぁ、もういい。他に集中しろ……」

三人とも並んで寝かされており、それぞれのパートナーは邪魔にならないようにと少し離れた地点にいた。

最初に目が覚めたのは、スペキュライト。

「スペくん！」

ネアが這《は》ってスペキュライトに近づこうとする。

「近づかないでください。弟さんを救いたいなら」

「大丈夫だっつってんだろ」

「ダメだよスペくん！　起き上がらないで！」

ネアの目許《めもと》は赤く腫れ、今も涙を流していた。

「……泣くなよ姉貴。泣くな、頼むから」

「じゃあ、ちゃんと治療、受けて」

スペキュライトは苦しげに表情を歪め、それからアンバーを見る。

「頼めるか」

「元よりそのつもりです。あなたも動かないでください、今後も《導燈者《イグナイター》》でいたいなら」

「……あぁ、了解した」

スペキュライトが再び仰向《あおむ》けになり、ヤクモを見つけたのか視線を向けてくる。

「よォ、トオミネ。死んでねぇってことは、勝ったのか？」

「みんなのおかげで時間が稼げて、そのおかげで助けが間に合ったんだ。師匠やヘリオドールさん、ルナさんやアンブロイドさんが駆けつけてくれた。みんなの勝利だよ」

「……お前らしい表現だ。っ」

苦悶《くもん》の表情を浮かべる彼に、ヤクモは言う。

「話は後にしよう」

「いや、一つ、言っておくことがある」

「なんだい……？」

スペキュライトは無理やり笑い、それからこちらを睨《にら》みつけた。

「明日、勝つのはオレと姉貴だ。お前らは良い奴《やつ》だが、良い奴を不幸にしてでも、オレらは勝つ」

彼らにもあるのだろう。負けられない理由が。

自分以外にも、譲れないものを持っている人は大勢いる。

自分を貫くということは、邪魔をする他人に穴を開けてしまうということだ。

何かを勝ち獲《と》るということは、負けて取り零《こぼ》す人間がいるということだ。

そんなこと、とっくに理解していた。

そして、それはスペキュライトも同じなのだろう。

彼はわざわざそれを口にした。

自分の重傷を理由に、ヤクモ達の刃が鈍らないように、だ。

そんな優しい彼にだからこそ、ヤクモは言うべきことがあった。

「いいや、勝つのは僕達だ。誰を不幸にするのだとしても、幸せにしたい人達がいるから」

ヤクモの答えに、スペキュライトは満足げに唇を歪める。

「口で言い合っても仕方ねぇ。決着は明日、試合で」

「あぁ」

◇

「そういえば、師匠」

壮年の魔人に破壊された昇降機だが、ヘリオドールが土魔法の応用で修理した。

まずは傷を負った仲間達を優先し、そこにアンバーを加えた四人が先に戻っていく。

戦死者の遺体に関しても、ヘリオドールが土魔法を駆使して近くに並べ終えている。

全員、しっかりと壁内に連れ帰り、手厚く埋葬されるのだ。

昇降機が下りてくるのを待つ間、ヤクモは師に話しかけた。

「あぁ?」

「他の戦場はどうなったんですか?」

大剣の峰を肩にあてた姿勢で、ミヤビは「あぁ」と頷《うなず》く。

「そらもう、あたしの担当した東は完璧よ。囚《とら》われた奴らも救い出し、魔人は捕獲成功。後でどっから来たか吐かせるつもりだぜ。さすがお師匠様って言え」

「さすが師匠ですね」

「そうだろうそうだろう」

気をよくするミヤビ。

『……セレナとかいう魔人を逃しましたけどね』

ヘリオドールも魔獣は掃討したものの、セレナに敗北したということらしい。

また、ヤクモ達とは逆方向では魔人の出現は無く、負傷者は出たものの死者は無し。

「でも師匠。魔人をどうやって捕らえておくんですか？」

ミヤビは左手を顎にあて、微妙な顔をした。

「グロいぞ。聞きたいか？」

「えぇと、殺さず無力化する方法ってことですよね？　知っておきたいです」

「まぁ、愛弟子《まなでし》がそこまで言うなら隠すことでもねぇわな。耳かっぽじってよぉく聞け」

「はい」

「まずぶっ倒すだろ？」

「……あ、はい。ですね」

殺さず無力化しなければ始まらない。そこがまず、とてつもなく大変なのだが。

「んで、腹をかっさばく」

『これ以上聞きたくないです』

アサヒが言うが、武器状態の今、彼女の声が聞こえるのはヤクモだけだ。

「んでもって魔力炉を引っこ抜くんだ。魚の腸《わた》抜きみてぇなもんだ」

魔力炉の摘出。破壊でこそ無いが、討伐方法と概《おおむ》ね同じだ。

「……でも、それだと体内を流れる残存魔力で再生しませんか？」

「おぅ。だから体内魔力を空にさせる為《ため》に、全身を焼く。魔力炉の再生に気を回す余裕なんて無いほどのダメージを与えるわけだな。んで、残存魔力は死なない為に使われんだろ？　後は腹の中に魔力炉の入ってねぇ魔人の出来上がりだ」

確かにそれならば、最早《もはや》闇の中に在っても魔力は生み出せない。生み出す器官が無いから。

魔人は素の身体能力の時点で並の人間を圧倒しているが、ただ力が強いだけならば拘束方法など幾らでもある。ましてや拘束はミヤビが務めたのだ。

『……当分、焼いたお肉は食べられそうにないです』

妹が辛《つら》そうな声を出した。

「救出するんですね、廃棄領域に残された人々を」

「あたしをそこまで善人だと思ってるお前さんは大変可愛《かわい》らしいが、誤りだぜ」

「助けないんですか？」

「お前ら以外にも、壁の外で暮らしてても奴らはいる。だがあたしは、そいつらに手を差し伸べちゃいない。お前さんが思ってるほど、あたしゃ善良じゃあねぇのさ」

「それは師匠の善性をなんら否定しません。僕だって、闇の中を駆けて家族以外を救おうだなんて考えなかった。人の手に抱えられるものには限りがあります」

ミヤビがいくら強くても関係ない。

魔力炉に問題のある人間を救えるのは財力だ。

そして彼女の持つ全てを使っても、なんとかヤクモの家族達を一年養うのが限度。

彼女が他の者を救えないからといって、その優しさが否定されることはない。

「お前のその物事の考え方、嫌いじゃねぇよ。ちぃっとばかし、熱いがね」

ミヤビが楽しそうに笑い、ヤクモの頭を乱暴に撫《な》でた。

「……茶化さないでください」

『ま、また兄さんの頭を撫でたぁ！　きぃ！　アサヒの顔も一度までだというに二度までも！　兄さん今すぐ武器化解除してくださいこの雌狐《めぎつね》はなんとしてもここで打ち倒さねばならない相手なのです人には譲れないものがあるんですそうわたしにとっては今この時こそが――』

「でも、壁の外の村落を救うのとは違う。だってお金の問題じゃない、これは戦う力の領分でしょう」

『さっきから無視してます!?　らぶりーきゅーとな妹を何故《なぜ》無視するんですか!?』

とても真剣な話をしているからである。

ミヤビは壁の方を向き、見上げた。

「人がな、残ってるってのが重要なんだ。廃墟《はいきょ》を取り戻しても仕方ねぇ」

「……師匠？　えぇと、つまり、残された人々の救出ではなく、廃棄領域の奪還作戦を実行するということですか？」

それは、人類史上類を見ない作戦だ。

魔人に奪われた都市は最早人類の領域ではない。故に廃棄領域。

取り戻すなど、聞いたことがない。

だが、ミヤビは軽々と頷く。

「おぅ。このままじゃジリ貧だかんな。どっかで復興を始めにゃならんと常々考えてたんだ」

例えば、人類の残っていない廃棄領域を奪還する。

都市機能を復活させ、模擬太陽が動く場合は稼働させる。でも、それだけでは意味が無い。

【カナン】から人を移すというのも現実的では無かった。

都市間に広がる絶え間無い闇の中で、人の移動は難しい。魔獣の危険、道中の食料、護衛を担当する領域守護者の疲労など、懸念点が多過ぎる。

だが、廃棄領域に十分な人類が残っているなら？

占拠している魔族さえ倒してしまえば、人を移動させる手間は省ける。

空っぽの都市だけあっても仕方がない。そこに囚われた人類がいることで初めて、廃棄領域には取り戻す価値が生まれる。

「魔王を見つける前に人類が滅びたんじゃ堪《たま》らねぇからな。それだけのことさ」

「そう、ですか」

思わず笑みが溢《あふ》れる。

「あん？　なに笑ってやがる」

「いや、師匠も素直じゃないなって」

「……いい度胸だヤクモ。丁度いい、昇降機が下りてくるまでに稽古をつけてやる」

ミヤビが大太刀を構える。

「え、あの、師匠」

「やめろミヤビ、弟子を壊す気か」

ヘリオドールから制止の声がかかった。

「うるせぇなぁ、師弟の心温まる触れ合いに入ってくるんじゃねぇよ、ヘリクダール」

「明らかに不穏な空気だったろうが。そしてわたしはヘリオドールだ！」

「むしろ遜《へりくだ》れ？　な？　お前の尻拭いを弟子とあたしがしたんだぞ？　足向けて寝られねぇよな？」

「くっ……！」

二人はそれなりに仲がいいようだ。

「あ、そういえば師匠」

「なんだ？」

「倒した魔人に聞いたんですが――魔王はいるそうですよ」

《黎明騎士《デイブレイカー》》二名の目の色が変わる。

「はっ。いや、あたしゃ知ってたがね。似たようなことを抜かす魔人は前にもいた。だがヘリオドールよ。お前さんはどうだ？　魔王はいるってよ」

「……虚言である可能性は否定出来まい」

「カッ、つまんねぇ男だねぇまったく」

「――だが、だ。世界を闇で覆うシステムは確実に存在する。それが魔王という生命体によるものなのか、模擬太陽のような遺失技術《ロストテクノロジー》によるものなのか。どちらにしろ、それをして魔王と呼称しているのであろう」

「つまりなんだよ」

「貴様が思うような魔族の王がいるかは分からない。だが魔人達《たち》の共通認識として魔王なるものが実在するなら、今後の調査でその正体を暴き、しかるべき手段で――破壊する」

彼の瞳には決意が宿っている。

世界に太陽を取り戻そうと考える人は少ない。

ヘリオドールは貴重なその一人なのだ。

ミヤビが嬉《うれ》しそうに唇を歪《ゆが》める。

「見つけてぶっ殺すって言えよ」

「貴様には品性が足りない」

「品性で魔人に勝てたか？」

「くっ……！　それとこれとは別だろう！」

昇降機が下りてくる音がした。

◇

「は……はは……なに、これ」

セレナは、人類領域から遠く離れた大地に立っていた。

呼吸は乱れ、滝のような汗を掻《か》き、地面に膝と両手をついている。

苦しかった。

生存本能によるものか、それこそ残存魔力の全てを空間移動魔法に費やしたようなのだ。

回避ですらない。

過剰なまでの、逃避だ。

あの女の一撃は避けた筈《はず》なのに、プライドはズタズタに切り裂かれていた。

いまだ《黎き士《くろさむらい》》の眩《まばゆ》い大太刀による影響が抜けていない。

魔力炉が働かない。

闇がこれだけ身を包んでいるのに、世界を灼《や》くあの輝きが、いまだにセレナを蝕《むしば》んでいる。

セレナの魔法は『万能』。なんでも出来る。

だがセレナにはおよそ想像力や創造力といったものが無い。だから『万能』の能力があっても、オリジナルの魔法というものは作れない。

いや、作れはするが、大したものにはならない。

だから模倣する。見て、真似《まね》する。それさえも一部では劣化コピーなどと笑われたが、馬鹿にする者は全員殺してきたし、実際セレナは人類が言うところの特級指定だ。

事実、《地神《ちしん》》には勝った。勝てた。生け捕りにさえ出来た。

「……入れ込み過ぎちゃった、かな」

あの少年の、黒い目を思い出す。ヤマトの目。美しい黒い髪。

くしゃりと、握りたい。あの髪を撫で、不意に引っ張りたい。

決意に揺るがぬあの瞳の中を、ぐちゃぐちゃに掻き回してやりたい。

カタナを離さぬあの手を地面につかせたい。

決して屈さない身体《からだ》を踏みつけたい。

仰がれたい。

全部出来る筈だったのに。

「………………クソババア。次は殺すから」

黒い髪の女を思い出す。あの女の邪魔さえ無ければ。

いや、よそう。

自分は生きている。次がある。次こそは。《地神《ちしん》》も、生きているならば長剣の子も銃の子も。

そしてなによりも、カタナの子を。

「あぁーあ、名前、聞きそびれちゃったよ」

欲しい。欲しい。堪らなく、欲しい、欲しいのだ。

一度欲しいと思ったものは、何がなんでも手に入れてきた。

これからもそれは変わらない。変わってなるものか。

「待っててね。セレナがすぐに、迎えに行くからねぇ」

◇

ざわつく気配を感じる。

昇降機が上っていく中で、それはどんどん勢いを増していた。

「なにか聞こえませんか？」

ヤクモが言うと、《黎明騎士《デイブレイカー》》の二人が「何を当たり前のことを」とばかりに視線を向けてくる。

「お前ら、自分がやったことの大きさも分からねぇのか？」

「やったこと……」

何も、特別なことはしていないように思う。

仲間と協力して魔人を倒し、現れたセレナと戦闘を続けていたところに師の助けがあった。

「はっ！　そうかそうか。あぁそうだな。お前はそういうヤツだよヤクモ！　そこがお前の美点だわな！　当たり前のことをしただけって顔しやがって」

ばんばん、と師匠に背中を叩《たた》かれる。

「事実、そうですし……」

「そうかい。だがそこのクソリプレズは気づいてるって顔だぜ？」

「……クリソプレーズです」

控えめに訂正してから、ネフレンは言う。

「多分……上の連中は見てたんだと思う。アタシ達が戦ってるとこ」

昇降機は破壊されていた。救援に向かうことも——落下死を恐れず投身出来る一部の者を除き——不可能。そうなればせめて戦況を見定めようとすることに不思議は無い。

そこを責めようとは思わない。

壁の上の者たちが照明を当ててくれたからこそ、暗闇でも無理なく戦えたのだ。

壁の縁には望遠装置なるものが設置されていると聞く。それでヤクモたちの戦いを見ていたのだろう。

『あぁ、なるほど』

妹は得心がいったというような声を出す。

ヤクモにはまだピンとこない。

「えぇと、だから……アタシ達が下りた時、その、全滅してたでしょ。それで、昇降機も壊された」

望遠装置のことを考えると、壮年の魔人はヤクモの《班》が昇降機に乗ってから、降りきるまでの間に出現し、味方を全滅させたことになる。

魔人の姿があっても戦力を壁外に投入することには変わらないが、警告くらいはあった筈。それもなかったということは、急に出現したのだろう。

「そう、だね」

「それでもし、アタシ達が負けてたら？」

「──あ」

壮年の魔人は、壁を破壊しただろう。

人類の守りが壊され、中に魔人が侵入することとなっただろう。

そこへもし、魔獣の群れがなだれ込むようなことになったら。

『白』は全員壁の外で戦い、『青』は壁の縁にいる状況でそんなことになったら。

事態を収拾する頃にはどれだけの被害が出たものか分からない。

『……英雄みたいなものなんでしょう、わたし達は』

英雄。

不似合いだ、と思う。自分には。

だが、やったことだけを見るなら。

投入された正隊員の部隊が全滅した中、訓練生五組が一体の魔人を討伐。

更には《黎明騎士《デイブレイカー》》を打倒した特級指定と思《おぼ》しき魔人と死闘を演じ、《黎《くろ》き士《さむらい》》が到着するまで凌《しの》ぎ切った。

しかも、グラヴェル・ルナペア、アンバーとそのパートナーの力を借りたものの、自身らの《班》に一人の死者も出さなかった。

あくまでサポートとして用意された人員の活躍としては、異常な功績——なのか。

壮年の魔人が言っていたことを思い出す。

彼はヤクモたちに、英傑の卵くらいの力を期待すると言い、散り際には卵どころではなかったという言葉を残した。

そうか、あの魔人には分かっていたのだ。

ここで自分を倒すことは、人類領域にとって英雄的な活躍である、と。

『兄さんが称《たた》えられるのは良い気分ですが、賞賛が『青』からっていうのは微妙ですね』

壁の外の人間に関心を示さない『青』。

今回もそのほとんどが戦闘に参加しなかった『青』。

彼らの役目ではないのだとしても、妹が気を良くしないのは頷《うなず》ける話だった。

「こりゃあ、勲章もんだぜお前ら」

「勲章……」

「勲功を称え、記章を授けるというものだ。わたしも、きみ達はそれに値すると考える。こちらの方からも推挙しよう」

ヘリオドールの言葉に、目に見えて喜ぶ者はいなかった。

マイカもネアもチョコもモカも、パートナーを心配している。

『勲章っていっても、あんなのただの飾りですからね。喜ぶのは箔《はく》とか気にする自称名家の連中くらいでしょう』

「報奨金も出るぞ」

『ひゃっほー！　あいす食べましょうあいす！　みんなにも一度食べさせてあげたかったんです！』

妹がはしゃいでいる。

だがこれが空元気であることくらい、ヤクモには分かった。

落ち込んでいるとヤクモに心配をかけるから、明るく努めているのだ。

「英雄を死なせるわけにゃいかんからな、治療も完璧にすんだろうさ。だからしけた面を見せんな。堂々としてろよガキ共。お前らは今日、人類領域を救ったんだ」

ミヤビの言葉に、俯《うつむ》いていた少女たちが顔を上げる。

「そうだ。前を向け。胸を張れ。お前らも倒れた奴《やつ》らも、特別なことをしたんだ。どんなもんだと自慢くらいしねぇでどうする」

がこん、と昇降機が揺れる。

到着。

万雷の拍手が、ヤクモ達《たち》を迎えた。

◇

ヤクモ達は、すぐに仲間の搬送された医療施設に向かった。

『治癒』魔法を扱う領域守護者が多く配属されている、《皓《しろ》き牙》保有の建物だ。

壁の外に出て戦う『白』の隊員に怪我《けが》はつきもの。それを治療する専門の建物や人員が配置されるのも当然なのかもしれない。

施設に入ると、マイカ、ネア、チョコ、モカの四人が受付に駆け寄り、自分の《導燈者《イグナイター》》がどこの病室に運ばれたか確認している。

どうやら、トルマリンとスペキュライトが同室、スファレは別室に運び込まれたようだ。

聞くや否や、四人は病室へ向かっていった。

ヤクモとアサヒも追いかけようと思ったのだが……。

「お前さんはこっちだ」

ここまで同行していたミヤビが、アサヒの首根っこを摑《つか》んだのだ。

既に武器化を解いて人間状態に戻ったチヨは、姉であり相棒でもあるミヤビの行動を静かに見ている。

「んなっ！　何をするんですか！」

アサヒはというと、手足を必死に動かして抵抗していた。

「おいヤクモ、こいつ借りるぞ」

「離しなさい雌狐《めぎつね》！　兄さん助けて下さい！　このおっぱい魔王がついに本性を現しましたよ！　最愛の妹が貞操の危機です！」

アサヒが何やら騒いでいるが、ヤクモは不安に駆られた。

道中、ミヤビにはセレナとの戦いの顛末《てんまつ》を報告済み。

それを聞いたミヤビが、この施設でアサヒを連れていくというのなら……。

何か気がかりがあったということだろう。

そうだ。本来であれば、ヤクモの方から切り出すべきだった。赫焉《かくえん》粒子へのダメージがアサヒに及ぼす影響はどれほどなのか。彼女の身体は大丈夫なのか。

「……アサヒ、師匠と一緒に行くんだ。みんなの様子を見たら、僕も追いかけるから」

「そ、そんな……兄さんが、わたしを見捨てた……!?」

「アサヒ」

ヤクモが真剣な声で言うと、妹が観念したように肩を落とす。

彼女も本当は、ミヤビが『治癒』持ちに自分を診せるつもりなのだと、ちゃんと理解しているのだ。

セレナの『雷撃』によって、赫焉刀《かくえんとう》は炭化するほどのダメージを負った。あの時は白銀の粒子に戻して戦闘を続行したが、やはり問題なしとはいかないのだ。

「はぁい」

唇を尖《とが》らせながらも、兄の言葉を聞き入れるアサヒ。

だがすぐに目を鋭くしてミヤビに叫ぶ。

「とはいえ、扱いがあまりに雑なことには物申します！　この身はいずれ兄さんと結ばれることが確定した清らかで繊細なものなのです！　貴女《あなた》のような乱暴者に引きずられて傷の一つでもついてみなさい！　容赦しませんよ！――兄さんが！」

「そんだけ騒ぐ元気がありゃあ、大丈夫そうだな。だが一応は確認しとかねぇと。我ながら弟子思いだなぁ」

アサヒの様子にカラカラと笑いながら、ミヤビはそのままアサヒを引きずっていく。

「み、見てくださいい兄さん！　この扱い！　この女はこういう奴なのです！　あーもう自分で歩きますから離してください！」

チヨはぺこりとヤクモに会釈をしてから、二人の後を追っていった。

ヤクモは、ぽかんとした様子の受付職員に騒がしくしたことを侘《わ》び、それから仲間の病室へ向かう。

院内の職員たちは皆忙しそうだった。それもその筈《はず》、都市が魔族に囲まれたのだ。

怪我人が出なかったのは、ミヤビ組の担当した東方向のみ。

ヘリオドール組の担当した西方向も、被害は軽微。

彼らはセレナに敗北したが、その前に彼女が率いていた魔獣は全滅させた。

また、《黎明騎士《デイブレイカー》》のいない二つの方角に人員を多く配備する為《ため》、元々東西には最小限の戦力しか置かれていなかったのだが、これが結果的に良かった。

その場に他の領域守護者が沢山いたら、それだけ多くの者がセレナに殺されていただろうから。

しかし、これは結果論。

セレナが一般的な魔人であったら、そのまま壁を破壊して壁内を荒らしていた。

そうなったら、どれだけの被害が出ていたか分からない。

ヘリオドールはそれを重く受け止め、責任を感じているようだった。

だが、二組の《黎明騎士《デイブレイカー》》がいたからこそ、残る南北に多くの人員を回せたのも事実。

ヤクモ達の担当した北区域は、ヤクモらの《班》より先に壁外に出た全隊員が死亡してしまったが、多くの者の力を借りて、壁を守ることが出来た。

また、南区域も魔獣の軍勢を全滅させたという。

——都市が滅びてもおかしくなかった。けど、なんとか守りきれたんだ。

懸念事項は他にもある。

壮年の魔人の発言を思い出すと、今回の襲撃にはやはり二つの勢力が絡んでいると思われる。

彼の口にしたボスというのは、後《のち》の展開と合わせて考えるとセレナで間違いないだろう。

壮年の魔人は、こうも言っていた。クリードの部下、と。

彼が従っていたのがセレナ。そして、ミヤビが倒した魔人が従っていたのは、クリードという別の魔人。

もちろん、セレナとクリードが同じ集団に属し、それぞれ部下を抱えている可能性もあるが……それはそれで魔人が組織化されているということであり、大きな脅威だ。

一体の魔人を討伐し、一体を捕獲し、セレナを撃退したとはいえ、この都市の危機は去っていないのだ。

だが、今はまず、仲間の安否だ。

ヤクモはトルマリンとスペキュライトの病室へ到着。控えめにノックしてから、そっと室内に入る。

同時、ネアの叫ぶ声が聞こえた。

「だめだよスペくん！　寝てなきゃ！」

病室には寝台が四つ。手前側の二つが、トルマリンとスペキュライトのもののようだ。

奥の二つに関しては窓帷《カーテン》で仕切られており、確認出来ない。

「もう『治癒』は掛け終わった。他の負傷者もいるんだ、ベッドを空けてやった方がいいだろうが」

「『治癒』魔法は万能じゃないんだよっ!?　傷が塞がったからって問題ないわけじゃないんだから！　それに消耗した体力までは治してくれない！　いいから寝てなさい！　言う

ことさかないと、お姉ちゃん怒るからねっ！」

スペキュライトの上半身は晒《さら》されており、見れば確かに、傷は塞がっていた。

アンバーの応急処置も、この施設の治療も、どちらも優れていたのだろう。

だがネアが言ったように、傷口が塞がったからといって、すぐさま快癒とはいかないのである。

事実、彼の顔色は悪く、額には脂汗が浮かんでいた。

彼はベッドから降り、血に染まり穴だらけとなった制服を羽織る。

「寝るさ、自分の部屋でな。で、どうする？　ここでうだうだ言うか、さっさと帰るか。どっちかだぞ」

ネアは顔を真っ赤にして頬を膨らませたが、弟が頑固な姿勢を崩さないと理解しているのか、やがて大きく息を吐いた。

「……分かった。でもちゃんとお医者さんの許可はとること」

「あぁ」

スペキュライトは頷き、姉の車椅子を押して出口へ向かう。

途中、扉付近に立っていたヤクモと目が合った。

彼はバツが悪そうな顔をする。

壁外で一度、別れの言葉のようなものを交わしたからかもしれない。

「ちっ……トオミネか。妹はどうした」

「心配してくれるのかい？」

「はっ、お前みたいなお人好《ひとよ》しと一緒にすんなよ」

スペキュライトが小さく笑う。

彼がここで帰るのは、さっき言ったように他の患者の為にベッドを空ける、というのが理由ではない。嘘《うそ》ではないかもしれないが、主な理由ではないだろう。

強がり、プライド。そして、優しさだ。

自分はもう怪我人ではない。だから大丈夫。明日も戦える。

ヤクモにそう伝える目的も、きっとある筈だ。

もしかしたらそれは、ヤクモの考えすぎかもしれないけれど。

だからこそ、ヤクモも妹が師匠に連れて行かれたことは言わない。

そのことで、万が一にも優しい姉弟に心配を掛けてしまわぬように。

こちらもまた、問題なく明日の試合に臨めるのだと思ってもらえるように。

「折角来てもらって悪いが、オレらは帰る」

「そっか。分かった」

「じゃあな」

ヤクモは一歩横にズレ、彼に道を空ける。

「また明日」

「そうだな」

ネアが胸の前で小さく手を振ってきたので、微笑《ほほえ》みを返す。

姉弟が去り、病室に静寂が訪れる。

それを破ったのは、マイカの小さな声だった。

「男の子って、強がりだよね」

彼女はベッド脇の椅子に腰を下ろし、トルマリンを見つめている。

ヤクモはそこへ近づいていく。

「そうかもしれません」

「なんでなんだろ？　もっと、考えてること、ちゃんと口にしてくれた方が嬉《うれ》しいんだけどな」

「そうですね。でも、中々難しくて」

「ふふっ、でもきみは、みんなの前でアサヒに告白したじゃん。あれはとても、格好良かったけど？」

トルマリンとマイカのペアに、敗北寸前まで追い詰められた時のことだろう。

「その代わり、顔から火が出るほど気恥ずかしかったですよ」

「そういうものかな。うん……考えてみれば、そういうものかも」

何か思い当たることがあったのか、マイカが微《かす》かに頰を染めた。

「……それで、トルマリン先輩の容態は」

彼女の表情が、真面目なものに変わる。

「うん。アンバーって子の応急処置がよかったらしくて、特に問題なく治るそうだよ」

「よかった……本当に」

「ヤクモとアサヒのおかげだよ。雷撃に打たれたあと、すぐに前に出てくれたね。ありがとう」

「仲間同士で助け合うのは当然のことですよ。こちらも、何度も助けられました」

「そうだね。でもやっぱり、ありがとう。あの魔人のことだから、トルに追撃はしなかったかもしれないけど、ぼくは絶対に殺されてたと思う」

セレナはヤクモやスペキュライト、そしてトルマリンを連れ帰ろうとしていた。

逆に、女性陣は塵《ちり》でも払うように殺そうとしていた。

確かにヤクモのあの行動は、トルマリン組というより、マイカを守る行動だったかもしれない。

「それじゃあ、どういたしまして。そして、こちらも色々と助けてくれてありがとうございます」

ヤクモとマイカは顔を見合わせて、お互い小さく笑い合った。

「……おや、随分と打ち解けているようだね」

ベッドから、声がする。

「……！　トルっ！」

トルマリンが目を覚ましたのだ。

マイカは目に涙を浮かべ、枕元に近づく。

トルマリンは腕を伸ばし、彼女の手を握る。

「マイカ、無事でよかった。怪我《けが》はないか？」

「ないよ。まったくない。そっちは逆に、まっ黒焦げになって心配したんだから」

彼は笑おうとして、身体に痛みが走ったのか、表情を歪《ゆが》めた。

「と、トルっ。大丈夫？」

「っ。情けないな、戦いの途中で意識を失うなんて」

そこまで言って、彼はハッとヤクモを見上げる。

「他のみんなは……？」

「大丈夫です。僕らの《班》に死者はいません」

身を起こしかけたトルマリンが、それを聞いて深く安堵《あんど》の息を吐く。

「マイカ先輩、事情の説明を頼めますか？　僕はスファレ先輩の様子を見てきます」

マイカが頷《うなず》くのを確認してから、病室を後にする。

スファレの病室は、一人部屋だった。

部屋に入ると、ベッドに眠るスファレ、《偽紅鏡《グリマー》》であるチョコとモカ以外に、白衣の女性がいた。『治癒』使いだろうか。

「あっ、ヤクモ様っ」

ヤクモを見たモカが、とてとてと近づいてくる。

「遅れてごめん。トルマリン先輩達の部屋に行ってたんだ。それで……スファレ先輩の様子は……？」

「命を失うことはない、と。ただ、意識が戻らず、体力の問題で腕をすぐに繋《つな》げることも出来ないそうで……」

布団を掛けられたスファレの身体は、右腕部分にあるはずの膨らみが欠けている。

千切れた腕を繋げるには相当の体力を消費するが、今のスファレにはそれがない。

無理に治療するわけにはいかないのだ。

モカは心配げに瞳を潤ませている。

チョコに至っては、ヤクモの入室に気づいていないほどだ。

声を掛けるべきか迷ったが、祈るようにスファレを見つめる様子を見て、控えることに。

話して気が楽になることもあれば、誰とも話したくない時もある。

ヤクモは、モカにスペキュライトやトルマリンの様子を伝え、病室をあとにした。

「お仲間のご様子はいかがでしたか？」

部屋を出ると、ミヤビの妹であるチヨが待っていた。

彼女はキモノを着ている日もあるが、今日は『白』の隊服姿だ。

「みんな、助かるようです」

「それは喜ばしいことですね」

「えぇ、本当に」

「あの戦いを生き延びただけでなく、《班》の全員が生還するなど奇跡です。怪我は心配でしょうが、仲間と紡いだ奇跡を誇ってもよいでしょう」

「そう、ですね」

「己が築いた功績よりも、仲間の負傷を気にかけるのは、実に貴方《あなた》らしいですが」

「功績と言われても、まだ実感が湧かないだけかもしれません」

「なるほど」

チヨは微かにだが、笑った、のか。

すぐにいつもの無表情に戻ってしまったので、ヤクモは錯覚を疑った。

「ところで、どうしてチヨさんが？」

「貴方の妹の診察が終わりました」

「……っ。それで、妹は、アサヒは大丈夫なんですか？」

ヤクモは思わず身を乗り出してしまう。チヨの端整な顔が近くなり、それに対してチヨが何の反応も示さないことで冷静になり、再び距離をとる。

「それは本人からお聞きください」

「……はい。妹は今どこに？」

「診察室です。貴方の迎えがないと帰らないと駄々をこねるので、お呼びに参りました。引き取りをお願い出来ますか？」

騒ぐ妹の姿が目に浮かぶ。

「案内、お願いします」

「えぇ、こちらへ」

診察室に着くと、ミヤビは既にいなかった。振り返ると、チヨもいない。

彼女を診てくれた筈《はず》の職員もおらず、いるのはアサヒだけ。

そのアサヒもやけに静かだ。

てっきり、頬でも膨らませて拗《す》ねているかと思ったが、彼女は診察台で眠っていた。

「……今日は、すごく頑張ってくれたもんな」

今日の戦いを乗り切れたのは、仲間とアサヒのおかげだ。

ヤクモは妹をおんぶし、寮へ戻る。

◇

翌日の朝食はヤクモが作った。

モカは今もスファレの側《そば》についてる。

マイカも、トルマリンと一緒にいることだろう。

同じく重傷者であったスペキュライトは、今日の試合の対戦相手。

彼は必ず現れる。

ヤクモ達《たち》と同じく、譲れないものがある筈だから。

「こんな感じ、かな。うん」

ヤクモは出来上がった朝食を見る。

焦げたトースト、ぐちゃぐちゃのスクランブルエッグ、皮が弾《はじ》けて中身がはみ出ているソーセージに、水分の消し飛んだベーコン、掛けられたケチャップは血文字のようで、そこに味の無いスープと盛り付けが美しくないサラダが加わる。

実に……実に、残念な出来だ。

「教わった通りにやったつもりなんだけどな……。今後に期待、ということにしよう」

モカの偉大さを再認識するヤクモだった。

そろそろ妹を起こさねばと、部屋へ向かう。

コンコンと、二回ノック。

しばし待つと、くぐもった返事が聞こえてきた。

「……入ってまぁす」

「うん、いなかったら驚きかな」

「むしろ、入ってきてください。あ、部屋ですよ?」

それ以外のどこに入るのだろう。

ヤクモは深く考えないことにして、扉を開く。

妹がベッドに寝ていた。布団に包《くる》まっている。

「おはよう」

「おはようございます。あの、質問してもいいでしょうか？」

布団から、ひょこっと顔だけ覗《のぞ》かせた妹が言う。

「ん？　なんだい？」

「昨日、ここに戻ってきた記憶がないんですけど」

「あぁ、施設で寝てしまったアサヒを、僕がおぶって来たんだよ」

「なっ。兄さんの背中を堪能するチャンスに眠るとは……アサヒ、一生の不覚！」

「起きてたら歩いて帰ることになっただろうから、そのちゃんす？　は最初からないね」

「もう、兄さんは夢のないことを言いますねぇ。まぁいいです。二つ目の質問なんですが、戦いのあとで昂《たか》ぶった筈の兄さんは何故《なぜ》わたしに手を出していな――」

これ以上話を聞く必要はないと判断して、ヤクモは本題に入る。

「朝食が出来たよ。食べられるかい？」

妹は「ぶぅ」とつまらなそうな顔をしたが、その話題を引きずることはなかった。

「兄さんの手料理なら、たとえ泥団子でも美味《おい》しくいただく自信があります。これぞ愛」

妹がうんうんと頷きながら言った。どうにも様子が変だ。

「妹に泥を食べさせようとは思わないよ。けど正直、出来に自信は無いかな」

「最初はみんな素人ですよ。兄さんならすぐにあのおっぱいより料理上手になれます」

モカのことだ。

「アサヒは早々に料理作りを諦めてたような……」

「才能って残酷ですよね」

ふぅ、とため息を溢《こぼ》すアサヒ。

先程から、彼女はずっと布団の中。上体を起こすくらいはしてもよさそうだが。

「アサヒ？」

「なんですか？　ベッドに横たわる妹に劣情を催しましたか？　そういうことなら仕方ありませんね。脱ぎます」

「脱がないでね。そうじゃなくて、起きないの？」

「布団がわたしを離してくれないのです」

「へぇ、随分と仲がいいんだね」

「ふふふ、嫉妬ですか？」

「どうかな。あのさ、アサヒ」

妹に近づく。

「お、おぉう。兄さんの方から迫ってくるとは。度重なる熱烈あぷろーちを前に、ついに兄さんの鋼《はがね》の理性も屈したというわけですね。ぬっふっふ……」

まだふざける妹から、布団を引っぺがす。

「ひゃあ、兄さんのえっち！」

昨日の夜、着替えさせるわけにもいかなかったので彼女の格好は制服姿のままだ。

だが、その手足が僅かに痙攣《けいれん》している。

「アサヒ。昨日は聞きそびれたけど、診察結果を教えてもらえるかい？」

武器化状態の《偽紅鏡《グリマー》》が破壊された時、人間に戻ることには意味がある筈だ。

それが問題の無いことならば、再生が可能な機構が組み込まれて然《しか》るべき。

武器状態の《偽紅鏡《グリマー》》が破壊されると、それに相当する痛みは《導燈者《イグナイター》》側が引き受けることになる。

その上で、《偽紅鏡《グリマー》》は人間の姿に戻るのだ。

破壊されるという衝撃は、痛みを《導燈者《イグナイター》》側が引き受けてなお、武器化を維持出来なくなるほどに大きいということ。

だが赫焉《かくえん》は破壊されてもなお粒子に戻るのみで、即座に再変換が可能。

アサヒは黒点化によってそういう進化して、だが人間としてのアサヒはアサヒのままだ。

本来ならば人間に戻ることで強制終了する何かを、継続してその身に受けるということ。

魔人戦で懸念していたことが、現実になってしまったのではないか。

「いやだなぁ、ちょっと痺《しび》れてるだけですよ。すぐ治ります」

アサヒは冗談を言うみたいに笑う。

「確かに、痛みや傷、病は当人のものだ。話したくないのならそれでいいのかもしれない。けどね、僕らは家族だ。そうだろう？」

「うっ」

妹の表情が罪悪感に歪《ゆが》む。

彼女の腰に腕を回し、上体を起こすのを手伝う。

ベッドに腰掛け、彼女の肩を摑《つか》んだ。

「僕は、きみが苦しいなら心配したいよ。それは、アサヒにとって煩わしいことかな」

「そんな！　そんなわけ、ありません」

ようやく、妹が真剣な顔でヤクモを見る。

「なら、話してくれないかな」

アサヒは迷うような態度を見せたが、やがて観念したように語り出す。

「損傷の度合いにもよるんです。赫焉刀《かくえんとう》が折れるとか、刃が欠けるとかであれば嫌な感じがするくらいで済むんですよ」

だがそれも、蓄積すれば問題を引き起こしてしまうだろう。

「それで、あの。雷切の時に赫焉刀《かくえんとう》が十二振り、一瞬で炭化したでしょう？」

セレナの雷撃を斬った時のことだ。

ヤクモは黙って頷《うなず》く。

「性質が変わるほどの破壊は、辛《つら》いんです。翼が折れるのは我慢出来ます。でも灼《や》かれたらすごく痛い。刃が砕けるのは我慢出来ます。でも溶かされたりすればすごく痛い」

あの時は十二振り全てが一瞬で灼熱《しやくねつ》され、炭化した。

それはつまり、雪色夜切《ゆきいろよぎり》本体を除く粒子の全てがダメージを受けたということだ。

「それは……治る、のかな」

「昨日診てくれた治療師にも、詳しいことは判断がつかないそうです。まぁ、こんな《黒点群》は例がないですし、しょうがないんですけど」

初めて見る病気、その症状、のようなものか。

どれだけ優秀な医師でも、すぐに全てを把握出来るわけではない。

「ただ、よくはなってますよ。正直、『雷撃』の瞬間が一番苦しかったので。今痺れてるのは、翌日にくる筋肉痛みたいなものだと思います」

「……戦闘中は理解出来るけど、終わったあとにでもすぐに教えてほしかったよ」

「ご、ごめんなさい。でも、ただでさえみんな大変だったし……それに、兄さんに心配かけたくなくて。あと、その……嫌なんです」

「嫌？　何がだい」

「折角、前よりも兄さんの役に立てるようになったのに、弱点みたいなのが分かって。兄さんがわたしを気遣って……戦術が狭まったりしたら……。わたしは、あなたの足を引っ張りたくない」

妹が悲しげに言う。

ヤクモはそれが、どうしようもなく気に入らなくて。

彼女の白く弾力に富んだほっぺたを、むにゅうっと引っ張った。

「に、にいひゃんっ？」

突然の出来事に、妹が目を白黒させている。

「もし、僕の役に立とうとアサヒが無理をして、そのことで取り返しのつかない代償を支払うことになったら、僕は一生自分を許せないよ」

「うぅ……」

「心配事があるなら、話してほしい。今回だって話は簡単なんだ。性質が変わるほどの破壊を、負わせないよう気をつければいい」

「でも、どうしても必要な時に、わたしを気遣って兄さんがそれをしなかったら？　それで兄さんが傷ついたら？　わたしはそんなの、我慢出来ません」

結局、互いに互いを気遣い過ぎているということか。

こればかりは譲れないと、瞳を潤ませる妹。

その額に、ヤクモは自分の額を合わせる。

互いの吐息がかかる距離。

「約束するよ。それ以外に方法が無ければ、僕は迷わず赫焉《かくえん》で身を守る」

「……本当ですか？」

「あぁ、だからアサヒも約束して。辛くなったら、すぐに言うって」

「……足痺れて辛いって言ったら、お姫様抱っこしてくれますか」

スペキュライトがネアを抱いて試合に登場した時、羨ましがっていたか。

その時に素っ気なく断ったことを、気にしているのかもしれない。

「もちろんだよ」

ヤクモは彼女の腰と足に腕を回し、持ち上げる。

妹の身体《からだ》は軽かった。

「ふわぁ」

「取り敢《あ》えず、冷えた朝食を食べましょうか、アサヒ様？」

驚きはすぐに、喜びへ。

妹はくすぐったそうに笑い、ヤクモの胸許《むなもと》に顔を埋《うず》めた。

「すはすは」

匂いを嗅がれる。

「落としてもいいかな」

「お姫様時間が短すぎます！」

抗議の声。

「それで、約束は？」

「します！　しますとも！　それで、あの！　まだまだ痺れがとれなそうなので、学校までこれでお願いします」

「調子に乗らないように」

「ほんと、ほんとに痺れるんですって！　あーあ、兄さんの為《ため》に頑張ったのになー！　辛いなー！」

「嘘《うそ》か本当か判断がつかないから、困るんだけど……」

少し面倒な約束を交わしてしまっただろうかと、ヤクモは若干後悔した。

だが、妹に隠し事をされるよりはいいかと、自分を納得させた。

試合当日の、朝は、そうして過ぎていった。

◇

朝起きたら、ベッド脇に姉の姿があった。

隣に寝ているわけではない。

車椅子に乗った状態で、上半身のみをベッドに乗せている。

あの三人の中では一番怪我《けが》の軽かったスペキュライトは、その日の分の治療が終わるや自室へと戻った。

その後、姉がしつこく休めというので従ったのだった。

「ったく、自分が休まねぇでどうすんだよ、馬鹿姉貴」

自分と同じ、鈍い銀の髪。ただ姉だけは、光のあたり具合によっては薄紫色が混じって輝いて見える。

「……おねえちゃんをばかって言わないで、すぺくん」

目は閉じたまま。むにゃむにゃと動く唇から察して、寝言だろう。

思わず笑みが漏れる。

「っ」

ずきり、と身体の内側が痛んだ。

位置の悪いことに、スペキュライトは魔力炉に傷を負ってしまったのだ。

腹に風穴が空いたというだけでも面倒だというのに、おかげで魔力を作ろうとすると激痛が走る。

だが、言ってしまえばそれだけだ。

姉を庇《かば》ったことに後悔はないし、自分の傷は治るものなのだ。

今回は姉を守ることが出来た。

姉の車椅子を見るたびに――つまり四六時中――スペキュライトは自分を恨めしく思う。

あれはまだ自分が幼かった頃。無知で、愚かだった頃。

スペキュライトは姉が大好きだった。

だってそうだろう。父と母は自分に見向きもしない。食事さえ、与えられない時があった。完全なる無関心。そんな中、ネアは自分の世話を焼いてくれた。

優しくて、強い、大好きな姉ちゃん。

自分が頼れるのは姉だけで、自分が甘えられるのは姉だけで、自分を好きでいてくれるのは姉だけだった。

その所為《せい》だろう、スペキュライトは姉に対して我儘《わがまま》だった。

幼い自分は気付けなかった。

姉が時に暗い顔をして帰ってくること、時に身体の一部を過剰に隠して過ごしていたこと。

自分の前ではいつも優しく笑っていたから、それに気づくことが出来たのはもっとずっと後のことだった。後で思い返してみれば、というやつだ。

《偽紅鏡《グリマー》》を人間扱いする者は少ない。心無い言葉を投げかけられることも多かっただろう。暴力を振るわれることだってあったのだろう。

それなのに、姉はずっと笑っていた。

父と母に文句を言うこともせず、毎日必ず帰ってきた。

弟が、いたからだ。

自分なぞがいたばかりに、姉は不遇の全てを受け入れざるを得なかった。

そんなことにさえ気が回らなかった愚かで幼いスペキュライトは、ある時、とびっきりの愚かしさを晒《さら》す。

姉の『貸出』が始まってから、一家の生活水準は大きく向上した。

暮らす場所も変わった。

だがスペキュライトは、昔住んでいた家の近くにあった空き地にもう一度行きたかった。

そこでよく姉に遊んでもらっていたので、数少ない良い思い出のある場所だった。

治安の悪いその場所に、けど姉は笑顔で「いいよ」と連れていってくれた。

彼女は弟に優しかった。

柄の悪い大人達《たち》に取り囲まれた。

彼らはネアの身柄と引き換えに、両親から大金をふんだくろうと考えたようだった。

そうしなければ追い出されるとかなんとか、言っていた気がする。日々の魔力税に苦しむほどだったのだろう。

その内の一人が、《偽紅鏡《グリマー》》だった。貧民街に住んでいることから、大した魔法は持っていないのだろう。

でも剣にはなれた。

更に運の悪いことに、《導燈者《イグナイター》》の才を持つ者もいた。そいつにしたって、魔力を扱う才能はなかったのだろう。あったら、あんな場所で暮らしていない。

《導燈者《イグナイター》》が一緒にいなければ、姉といえど幼い子ども。

そのまま捕まっていれば良かったと、今でも思う。

だがその時のスペキュライトは子供で、救いようのない愚か者で、姉がいじめられていると思って。

「姉ちゃんをいじめるな！」

なんて、叫んで前に出た。

「なんだこいつ」「弟の方だろ。たまに外をうろちょろしてた」「どうする？」「放っておけ」「いや、ぶっ殺そう。一匹殺しといた方が、単なる脅しじゃねぇって伝わるだろ」

「……なるほど」

そんな物騒な話がすぐにまとまってしまうほど、彼らは追い詰められていたのかもしれない。

とにかく、スペキュライトはそこで死ぬ筈《はず》だった。

刃が振り下ろされる。

「スペくん！」

赤が舞った。

姉が倒れた。

赤は、姉の血だった。

大人達が慌て、取引材料が瀕死《ひんし》の傷を負ったことで何人かが逃げ出す。気づけば誰もいなくなっていた。気づけばも何も、スペキュライトはずっと姉を見ていたから、他を意識出来たのは《紅の瞳》の救助が来た後のことだ。

その間、姉はずっと笑っていた。

身体の半分が、斬られていたのに。

弟を安心させようと、ずっと微笑《ほほえ》んでいた。

「泣かないで、スペくん。大丈夫、平気だよ。お姉ちゃん、強いからね」

顔面を蒼白《そうはく》にし、脂汗を浮かべ、大量の血を流しながら、それでもネアはスペキュライトの涙を優先した。手を伸ばし、雫《しずく》を拭った。

当たりどころが悪かったのか、治療が遅れた所為か、姉は歩けない身体となった。

治癒魔法使いの技量にもよるが、ありとあらゆる傷を完璧に治す方法はない。

そして、引く手数多《あまた》だった姉の魔法は、六発限定となり。

誰も欲しがらず、両親に捨てられ、壁の外へ追放されることになった。

自分の我儘の所為だ。自分の愚かしさの所為だ。自分が、自分が、自分がいなければよかった。

でも、自分は存在する。姉の傷は治らない。誰かが彼女を使わなければ、壁の内にもいられない。

自分は、その為に存在しよう。

自分が損なってしまった姉の人生を取り戻そう。

姉は本当に凄《すご》い《偽紅鏡《グリマー》》なのだ。自分の所為で壊れてしまったけれど、本当に凄いのだ。だから、証明しよう。

たった六発でも、姉は最強の《偽紅鏡《グリマー》》なのだと。

姉は本当に優しい人なのだ。心が清く、強く、美しいのだ。

自分の所為で歩けなくなり、性能が低下し、誰もが姉を笑うようになった。

《偽紅鏡《グリマー》》からは「あぁはなりたくない」という落伍者《らくごしゃ》を見る視線を向けられ。

《導燈者《イグナイター》》からは「利用価値の無い中古品」と故障品《ゴミ》を見るように嘲笑される。

スペキュライトが謹慎処分となった理由である二十位への暴行も、それが理由だ。
彼の兄が、かつてネアを使っていたのだという。
彼は、あろうことか自分の前で姉を笑った。
「兄貴のお古の使い心地はどうだ？　前の方が良かったらしいが？」
姉は優しいから、それに対しても怒ることをせず。
困ったように笑うだけだった。
自分が怒らねば。
あの時の、愚かで無力な少年ではない。今の自分には力がある。
誰にも姉を笑わせない。
でも、二十位を殴りつけても気は晴れなかった。
証明しなければ。勝つのだ。勝つ。勝って、勝って、頂点を獲《と》る。
最強の座に至る。そうすれば必然的に、姉は最強の《偽紅鏡《グリマー》》だ。
弾数なんて関係あるものか。
お前らが無能だったんだ。姉貴の真価に気づけなかったお前らが、無能だったんだ。
自分が姉の価値を証明する。
頂点に立って、かつて姉を見下した者達全てに、姉を見上げさせる。
そして正隊員になり、姉が裕福な暮らしを送れるようにするのだ。
姉が手に入れる筈だったもの、自分の所為で失われたものを、全て取り戻す。

そして。そして、認めさせる。

姉に、スペキュライトはもう大丈夫なのだと。心配しなくていいのだと。

もう、姉は自分のことを第一に考えていいのだと。

愚かな弟の為《ため》に笑わなくていい。泣かなくていい。

己の好きな道を歩んでほしい。

その為なら、スペキュライトはなんだってする。

自分が珍しく好感を抱いているトオミネ兄妹を不幸に叩《たた》き戻してでも、勝ちを奪う。

それが出来なければ、自分は自分に、存在を許せない。

大好きな姉ちゃんを不幸にしたままで、どうして生きられよう。

「むにゃむにゃ……スぺくん、前は自分で洗えるから……もう、思春期さんめ……」

「どんな夢見てやがる、馬鹿姉貴」

姉の額を指で弾《はじ》く。

「むがっ。か、家庭内暴力による起床っ……ひどい、ひどすぎるスぺくん!……って、もう起きて大丈夫なの!?」

ガバッと起き上がった姉は、一瞬で不安そうな顔をする。

それが、スペキュライトには辛《つら》い。

「あぁ、問題ねぇよ。勝つぞ」

「ほんと？　ほんとにほんとのほんとにほんとに平気？」

「そう言ってんだろ」

姉はまだ納得しきっていないようだったが、それに関して追求しなかった。

「でもスペくん、もうあんなことやめてよ。お姉ちゃん、心臓が張り裂けるかと思ったんだから」

その気持ちは分かる。

かつて、自分が体験したのと同じ感情だ。

「姉貴も、前に同じことをしたろ」

「お姉ちゃんだもん！　当たり前のことでしょ！」

「なら、逆があってもいいだろう」

スペキュライトは当たり前のように言うが、姉は両手をガバッと上げて怒る。

「よくなーい！　スペくんには幸せになる権利があるの。それを行使する前に死んじゃうなんて絶対ダメだよ」

「姉貴もな」

「お姉ちゃんはもう幸せだもん」

「どうだかな」

「最愛のスペくんが甲斐甲斐《かいがい》しくお世話してくれてるから快適なのじゃよ。そう！　スペくんが死んだら誰が私のお世話をしてくれるの!?」

姉は自分なりの理屈をこねて、スペキュライトに無茶をするなと諭したいらしい。

「死なねぇよ。これでいいか」

「もうお姉ちゃんを庇《かば》ったりしないと約束しなさい」

「出来るか、アホ」

「あ、あほー!?　そんなひどいことばかり言う子に育てた覚えはないんだけどな!?」

「なら、姉貴を見捨てられるクズに育てなかったことを悔めよ」

「ぬ、ぬぅ……。確かにスぺくんをシスコンにしてしまったのは私の所為かもしれぬ……」

馬鹿なことを言う姉を無視して、起き上がる。

痛みは表に出さないよう気をつけた。

「着替えっから出てけ」

「お姉ちゃんは別に恥ずかしくないよ？　スぺくんの裸なんて何度も見てるし」

「……ガキの頃の話だろうが。いいから出てけ」

「ちぇー、冷たいんだぁ。一晩中ついててあげたのになぁ」

「寝てただろ」

「ちょっとだけですー。ぎりぎりまで起きてたから。入れ替わりだったんだよ、ほんと」

「出てけ」

「冷たい！」

ぶぅぶぅ言いながら、姉がスペキュライトの部屋から出ていく。

た。

「……勝つんだ」

あの作戦に参加したのだって、箔《はく》をつける為だ。

魔獣の群れと魔人の迎撃作戦で結果を残せば、姉を周囲に認めさせる材料になると思った。

そしてそれは、思惑以上に上手《うま》くいった。

他の者と協力してではあるが、魔人を一体討伐し、一体を撃退したのだ。

だが、代償は小さくなかった。

しかし、それはトオミネ兄妹も同じ筈。

そして、アサヒの方は《黒点群》。

勝てば、一層姉の有用性を示すことが出来る。

ぎりぎりと軋《きし》むように痛む腹を押さえる。

「勝つんだよ」

試合は、今日。

◇

そして、試合の時は訪れた。

お姫様だっこでフィールドに連れて行ってくれとギリギリまでねだっていた妹は、どこか不服そうに隣を歩いている。

「あちらの姉弟愛が羨ましいです」

わざとらしく頬を膨らませている。

「そう。不甲斐《ふがい》ない兄でごめんね」

なので、ヤクモもわざとらしく申し訳なさそうな声を出した。

「なっ、そういう意味じゃないです！　兄さんは最高の兄さんですがそれはそれとしてお姫様だっこしてほしかったのです！　観客全員に兄さんの相手はわたしで確定しているのだと知らしめたかったのに！」

そういう理由だったのか。

なんとか断りきれてよかったと安心するヤクモだった。

反対側からアイアンローズ姉弟が現れる。

今日も、アサヒが羨むお姫様だっこでの登場だ。

「やぁ、スペキュライトくん」

「あぁ、トオミネ」

「わたしもトオミネですけど」

「お前はトオミネ妹って呼んでんだろ。区別はつけてる」

彼なりの、距離の置き方なのかもしれない。

「アサヒちゃんにヤクモくん。出来ればお二人とは戦いたくありません。でも、私達《たち》にも譲れないものはあるから。だから、ごめんなさいね」

悲しげに目を伏せるネアに、アサヒは首を振る。横に。

「謝らないでください。わたし達も、申し訳ないとは思いませんから」

アサヒはネアと意気投合していた。

辛くない筈《はず》がない。胸が痛まない筈が無い。

だが、それを理由に捨てられるほど、兄妹の夢は軽くない。

それは、姉弟にとっても同じなのだろう。

学内ランク三十九位《魔弾《まだん》》スペキュライト＝アイアンローズ
対
学内ランク四十位《白夜《ファイアスターター》》ヤクモ＝トオミネ
だが一部の者や、当人同士は理解している。

順位だけを見れば、最下位争い。

これは紛れもない、強者同士の戦いなのだと。

「オレは正直、お前らが嫌いじゃねぇよ。うちの馬鹿な姉貴を、むかつく目で見ない、数少ない人間だ。感謝さえしてる。だがな、それとこれとは別だ」

「大丈夫だよ、スペキュライトくん。大丈夫だ。負けたらそれは、きみ達の方が強かったというだけのこと。恨みはしないよ」

「そうかよ」

「ただ、僕らは負けない。ここから先、一度だって負けやしない」

まっすぐと彼の瞳を見て、ヤクモは宣言する。

それを見て、スペキュライトは獰猛《どうもう》に笑う。

「ハッ。普段は人畜無害そうな面しやがって、結局オレと同じじゃねぇか」

なら、彼も大切な誰かの為に戦っているのか。

その為ならばどんなことだって出来る。命を懸けることさえ惜しくない。人生を費やす覚悟だってとうに出来ている。自分を棄《す》てているのではない。自分の意志で、それを選んだ。そうしたいから。

同じなのか。

だとしても、いやならば尚更《なおさら》、負けられない。

「互いに道を譲る気はねぇときてる」

「その道を渡れるのはどちらか一方のみ」

「なら、方法は一つだな」

「勝った方だけが道の先を征《ゆ》く」

「決まりだ。手を抜くんじゃねぇぞ」

「あぁ、それじゃあ意味が無い」

「分かってるじゃねぇか」

「きみもね」

会話はそれで終了。

これ以上、交わす言葉はない。

「行くぞ、姉貴」

「うん」

姉弟が見つめ合い。

「行こう、アサヒ」

「はい」

兄妹が手を繋《つな》ぐ。

「撃鉄を起こせ《イグナイト》――ウィステリアグレイ・グリップ」

薄紫を帯びた灰色の拳銃が、スペキュライトの右手に握られる。

「抜刀《イグナイト》――雪色夜切《ゆきいろよぎり》・赫焉《かくえん》」

白銀の刀が右手に握られ、同色の粒子がヤクモの周囲を漂う。

審判による試合開始の合図と同時、それは放たれた。

「――ショット」

『必中』の魔弾。

『円盾重掛《えんじゅんかさねがけ》』

『必中』に弱点らしい弱点は無い。

より多くの魔力を注ぎ込んだ防壁を展開する、というシンプルな対策こそあるが、ヤク

モでは到底無理。
しかし付け入る隙はあった。
弾丸は必ず銃口から発射される。
また、対象が軌道から外れんと動かない限りは弾道も変化しない。
つまり、銃口と引き金に集中していればどこへ飛んでくるかを判断することは可能。
無論、全てを一瞬で済ませる神業に対しそれを行うなど容易《たやす》いことではない。
だが、ヤクモとアサヒならば出来る。
半瞬の遅れさえ命取りになる戦いの中で生き抜いてきた二人には見える。
彼が撃つ一瞬前に、対抗策は打っていた。
極限まで引き伸ばされた時間の中で、弾丸が発射されるのが見えた。
軌道上に複数の小さな盾を展開。
それらは弾丸を止めること叶《かな》わず穴を穿《うが》たれるが、神速を減速させることには成功。
鋒《きつさき》を弾丸に向ける。いや、ほんの僅かではあるがずらして待ち受ける。
魔弾の軌道上すれすれに、刀の右側面——鎬地《しのぎじ》——を合わせる。
火花を散らしながら弾丸が迫る。
金属音を鳴らしながら、鍔《つば》に向かって。
『撥刀《ばつとう》』
そのギリギリのタイミングで、ヤクモは刀を右に振るった。

弾丸が強引に軌道を曲げられ、弾《はじ》かれる。
即座に『必中』が働き、弾頭は再びヤクモを向き、走る。
稼げたのは一秒ほどの時間。
それが欲しかった。
「……見えた」
再度迫った弾丸は、最早《もはや》綻びを見抜いた後の魔法。
最高速に達してもいないそれの、ヤクモから見て右半分に鋒を食い込ませる。
火薬が爆《は》ぜるような音と共に、『必中』が崩壊する。
最初はこう考えていた。
刹那の内に、綻びの見極めと斬撃を行わなければならない、と。
だがそれが不可能なら？
刹那を引き伸ばし、綻びを見極める時間を稼げばいい。
神速の段階で破壊出来なくても良い。凌《しの》ぎ、時を稼ぎ、見極め、斬る。
「残り五発」
破壊された盾を粒子に戻し、周囲に展開する。
スペキュライトは初弾が防がれたことに、驚かなかった。
「……お前らが雑魚じゃねぇことくらい、承知の上だ」
ヤクモはフィールドを蹴って彼に近づく。

「アサヒ」

『大丈夫です。弾丸程度の熱で赫焉《かくえん》アサヒちゃんが溶けるものですか。まだまだいけますよ！』

彼女の言葉を信じて動き続ける。

スペキュライトは本来ならば弾倉が収まっているだろう箇所に左手を当てていた。

パイロープ組との戦いでも同様の動きがあったが、あれで魔力量を調節しているのだろう。

彼が不意に左手を離し、銃を構える。

「フレシェット・ショットッ！」

発砲。

一見先程までと違う点はない。

ヤクモは先程と同じように対処していた。

彼の照準に合わせて立ち止まり、円盾を展開したのである。

弾丸は盾を突き破り、威力を弱めながらもヤクモに迫り——そこで変化があった。

弾丸がひとりでに割れ、中から無数の、そして極小の矢が飛び出してきたのだ。

——弾丸の形状変化が可能なのか！

これまでの情報にはなかった。

まさしく隠し玉。

ヤクモ達の弱点も上手《うま》くついている。

セレナが首に展開していた極小の魔力防壁と理屈は同じだ。

小さすぎるが故に綻びを発見しにくい。

しかも弾丸の中に潜んでいた矢の数は一本や二本ではない。

「デュプレックス・ショットッ！」

フレシェット・ショットに対応する間を与えてくれる彼ではない。

続けざまに放たれた弾丸も詳細は不明。

だが、こちらは見ただけで分かることもあった。

一度の発砲で二発の弾丸が同時に発射されているのだ。

『必中』はあくまで六発まで。

つまり彼は先程と合わせて、既に四発も使用していることになる。

ヤクモはデュプレックス・ショット対策に円盾の穴を埋める。

それと並行して、眼前に迫る矢の群れを見据えた。

「雪解《ゆきどけ》」

雪色夜切《ゆきいろよぎり》本体を粒子に変換し、それを薄く正面に展開。

白銀の霧で出来た、板にでも見えるだろうか。

そこに、矢の群れが突っ込んでくる。それら全てが霧の範囲内に収まっている、ごく僅かな時間を、ヤクモは見逃さない。

「結合」

固まる。

霧状に展開されていた粒子を一瞬で板状に結合させ、矢の群れを全て空中に固定したのだ。

だが『必中』の効果は当たるまで続く。ここで雪色夜切《ゆきいろよぎり》を固定しておくわけにもいかない。

方法はあった。

ヤクモは矢の群れに素早く触れる。

『必中』は当たるまで続く。ならば、当たりに行けばいい。

役目を果たした弾丸が消失する。

これで、初弾と合わせて二発を無力化完了。

だが喜んでいる時間はない。

板を粒子に戻し、すぐに雪色夜切《ゆきいろよぎり》本体へと戻す。

一列に並んだ二発の弾丸は、何事もなければ一度目と同じように捌《さば》ける筈だが。

そうはいかなかった。

円盾の全てが砕け散る。

前方のそれは、盾に穴が空いただけの初弾よりも高威力の弾丸のようだ。

そして後方の弾丸が弾けたかと思えば、中から出てきたのは――巨大な網だった。

『……蜘蛛《くも》の巣状のネット!?　こちらの身動きを封じる気です！』
前方の弾丸を斬るには一度弾き、見極めねばならない。
だがそれをすれば網に捕まってしまう。
網を斬るには、まず弾丸をなんとかしなければならない。
——無理だ。
即断。
ヤクモは網を見た。綻びを探す。発見。
迷わず前進し、左手を——弾丸に叩《たた》きつける。
『兄さん!?』
妹の悲痛な叫びが脳内に響き、左手の中指と薬指が付け根から弾け飛ぶ。
同時に、着弾と判断されて弾丸が消失。
激痛が走るが、呼吸法で鎮める。
片手上段からの一閃《いっせん》にて網を縦に切り裂く。
『な、なっ——。どうするんですか！　に、兄さんの指っ、指がっ、ひ、拾わないと！
……兄さんが右手だけになってしまう！』
妹は慌てているが、ヤクモはスペキュライトだけを見据えている。
「残り二発」
ヤクモの言葉に、スペキュライトは首を横に揺すった。

「いいや、一発だ」

ヤクモの腹に、穴が空いている。

――いつ撃たれた!?

「インビジブル・ショット」

『見えない弾丸!? そんなのって――』

いや、単に見えないだけならば反応出来た。

音さえもなかった。

だがそこまで問答無用の魔法があるものか。最初に叩き込んでこなかった時点で何かある筈《はず》。

――そうか。

傷が思ったほど深くないことで気づく。

弾速を犠牲にしているのではないか。

彼の弾丸の長所でもある神速を捨てることで、ようやく見えなくなる弾丸。威力も低減し、トドメを刺せるというほどではない。

それでも魔法を持たないヤクモ相手ならば、腹にぶち込むだけで充分以上の戦果というわけだ。

他の者ならば魔力防壁や遠距離魔法が主な戦闘手段だが、ヤクモは赫焉《かくえん》と近距離戦を組み合わせて戦う。

ヤクモ自身の機動力さえ奪えば、後は魔力防壁と一発の弾丸もあれば事足りる。

出血によって、時間の経過はヤクモにのみ不利に働くというわけか。

「甘い……！」

『白縫《しらぬい》！』

「……なんだ、それは」

トルマリン戦から、ヤクモ達《たち》はずっと赫焉《かくえん》の扱いを訓練してきた。

純白の粒子が極細の糸となり、ヤクモの傷口を縫い合わせる。

あくまで応急処置。しっかりと魔力炉を撃ち抜かれている為《ため》、トルマリン戦の最後に見せた一瞬限りの魔力強化も出来ない。残存魔力では効果もたかが知れている。

「残り一発、だったね」

「ハッ……」

スペキュライトの笑みは引き攣《つ》っていた。

とても苦しそうだ。彼自身、魔力炉を損傷していた身。魔法の発動は激痛を伴う筈。

彼が左手を弾倉にあてる。ありったけの魔力を込めているようだ。

ヤクモは砕かれた円盾分の粒子を己の周囲に引き戻す。

――どんな弾《たま》であれ対応する。

「殺さねぇようになんて考えは捨てる。それでも言っておくぞ。トオミネ――死ぬなよ」

「その予定は無いよ」

そして、六発目の弾丸が放たれる。

それは確かに弾丸の形をしていた。

だが、ヤクモの綻びを見抜く目には分かっていた。

凝縮された魔力を無理に閉じ込めたそれは、おそらく着弾と同時に大爆発を引き起こす。

弾いて斬ることも出来ない。弾いた瞬間に爆ぜるから。

「バースト・ショット……ッ！」

弾の形をした爆弾が、迫る。

『兄さん、これは斬れません』

その通りだ。

「あぁ、だから斬らない」

ヤクモは動く。

勝つ為に。

◇

スペキュライトはそれを見ていた。

ヤクモの行動には迷いがなかった。

まず、赫焉《かくえん》の一欠片《ひとかけら》を弾丸に向かって飛ばす。

接触と同時に大爆発が起きた。

――盾の展開もなかった……弾丸の性質を一瞬で見抜いたってのか。

観客に被害が出ないようにと複数人の大会運営が魔力防壁を展開するほどの威力だ。

もしこれまでの弾丸のように、粒子の全てを複数の円盾に回していたら、ヤクモの肉体は爆発の威力に耐えきれなかっただろう。

スペキュライト自身でさえ、残しておいた魔力の全てを注いで前面に防壁を展開したほど。

術者さえも防御行動をとる必要があった、大爆発。

煙が晴れていく。

ヤクモは、無事だった。

彼の身体《からだ》は壁面まで吹き飛び、白銀の――砂に埋もれていた。

黒点化によって覚醒した白銀の粒子は、トルマリン戦や魔人戦を見る限り、決して魔法にはならない。

砂とは言ったが、土魔法を使ったわけではない。

白銀粒子を何かに形成することなく、単に粒子の集まりとして運用。

自身を包むことで――。

『衝撃を……殺したんだ』

頭の中に姉の声が響く。ネアも気づいたようだ。

弾丸が遠い内に爆発させ、全身を粒子で包むことで爆発の衝撃を緩和。

爆炎に呑《の》まれたヤクモは——無傷で出てきた。

粒子は再びバラけ、ヤクモの周囲を漂い始める。

スペキュライトは勝負を急いでしまった。

ヤクモ達は自身の欠点を把握している。その上で諦めるのではなく、その欠点を衝《つ》かれた場合にどう対処するかを常に考えているのだろう。

彼の万能性は天性のものではない。

並外れた試行回数と思考回数による、努力と経験の産物だ。

なんという応用力。

形状変化出来る粒子という追加武装一つで、彼の戦術はまるで無限に広がるようだ。

不屈による絶え間ない挑戦が、彼の強さの根幹。

「あれ、六発終わってね？」「あんだけイキってたくせに、夜鴉《よがらす》に負けるとか」「まぁ三十九位だしなぁ」「いや頑張った方だろ、故障品《ゴミ》武器使ってる割にはさ」「ははは、そうだなぁ」

観客席から、嘲笑が降ってくる。

今まで自分が力で黙らせてきた者達の声だ。

強さを示し続ける限り、弱者は口を閉ざす。

だが一度脆《もろ》さが露呈すれば、それまで堪《こら》えていた分を吐き出し始める。

それを黙らせることは、もう、スペキュライトには出来ない。

――残弾、零。

『……スペくん』

姉の悲しげな声。

――なんでだ。

――なんで、いつもこうなる。

自分の所為《せい》で姉はいつも笑っている。

本心がどうでも、笑ってしまう。

自分の所為で姉はいつも笑われている。

欠陥品だと、馬鹿にされてしまう。

「棄権しろよ」「六発で充分とか言って、使い切っちゃってますけど？」「そもそも故障品《ゴミ》なんか使うんじゃねぇよ、学舎全体の品位が下がるわ」「なんの為に追放措置があると思ってんだ？　ゴミは捨てるもんだろうが」「無限ならともかく六発とか、負けるのも当然だわ」

黙れ。姉貴を笑うな。故障品なんかじゃない。壁の外に追放されていいわけがない。

誰よりも優しく、誰よりも強く、誰よりも立派な、自慢の姉なのだ。

だけど、言えない。

笑われているのは、自分の所為だから。

完璧であれば、強くさえあれば、黙らせることが出来る雑音。

自分が負けたから、姉が笑われている。

『大丈夫。大丈夫だよ、スペくん。またお姉ちゃんと頑張ろうね』

姉の声は、いつも優しく。そして、今は震えていた。

大丈夫なものか。

どうして、こうなのだ。

自分は、姉を傷つけてばかりだ。

姉に支えられてばかりだ。

どうして何一つ、この人に返せない。

どうして、姉が馬鹿にされなければならない。見下されなければならない。無能の烙印《らくいん》を押されねばならないのだ。

武器としての性能なんて、そんなくだらないことを理由に、どうして存在を否定されなければならないのだ。

どうして。どうして。

――なんでオレは、姉ちゃん一人、心から笑わせてやることが出来ないんだ。

「黙れ……ッ!!」

叫び声が、した。
「僕らと彼らの試合に、口を出すな……ッ!!」
ヤクモがこちらに驚き、嘲笑が止《や》んだ。
少年の叫びに驚き、嘲笑が止んだ。
『……ヤクモ、くん』
姉の声が、震えている。泣きそうなのだ。
でも、自分がさせている、悲しい涙ではない。
分かる。分かる。
この会場で唯一、彼だけが。
自分の残弾数が零になった今でも、ヤクモだけが。
自分達を諦めていない。
対等な試合相手として、全力で勝とうとしている。
七発目以降はまともに当たらない銃の遣い手を、脅威に思ってくれている。
ぶわりと、胸の奥が燃えるように熱くなる。

なんてことだ。勝負はついていないのに、自分の弱さに自分は負けかけた。
それを、彼が教えてくれた。気づかせてくれた。奮い立たせてくれた。
こういう時、古臭いヤマトの人間ならばこう言うだろうか。
魂の炉に、燈《ひ》が点《つ》いた、と。
——あぁ、馬鹿馬鹿しい。
何が故障品だ。何が六発までだ。そんなもの、世界が決めただけの限界ではないか。
六発目までしか『必中』が機能しない？
七発目以降は必ず暴発する？
それが欠点だというならば受け入れよう。
そして彼らのように考えるのだ。
この欠点を抱えたまま、どう戦う。
どう勝つ。
再展開の余裕はない。元より姉にこれ以上の負担は掛けられない。
『スペくん』
「何があっても、オレにとっては、あんたが最高の姉だ」
『————っ』
姉が声を詰まらせた。涙を堪えるような音。
「それだけは、誰にも否定出来ねぇだろ」

『…………うん。スペくんも、本当に本当に、自慢の弟で、最高のパートナーだよ』

嘲笑する者たちの声を消せやしなくても。

自分が姉を誇るこの感情だけは、他者に歪《ゆが》められるものではない。

ならば、あらゆる嘲弄よりも大きく高らかに、自分が叫べばいいだけだ。

「来い、トオミネ。勝つのはオレ達《たち》だッ！」

「いいや、僕達だ」

痛む魔力炉をフル稼働させる。

幸い模擬太陽が輝いているのだ。魔力は生み出せる。

当たらないなら、当たらないものとして運用するのみ。

戦いはまだ、終わっていない。

◇

ヤクモは何も、彼らを哀れんで叫んだわけではない。

外野が心底邪魔だったのだ。

どうして笑える。何故《なぜ》彼のような強者を笑い者にしようと思える。

そのこと自体がどうしようもなく、実力を測れぬ己の無能を晒《さら》す行為なのだと何故気付かぬ。

彼は終わっていない。

六発を使い切ったことで、確かにヤクモ達は勝利に近づいた。

だがもし逆の立場なら、ヤクモは『必中』を失った後でも勝機を見失いはしない。

「──形態変化」

スペキュライトがウィステリアグレイ・グリップの形状を変える。

まるでトンファーのように構え、銃口は肘の側を向き、グリップは拳の握りの部分へ。

強く握れば引き金が引かれ、弾丸が後面に発射されるという、銃の用途に合わない持ち方。

「バースト・ショット……ッ！」

「──────ッ！」

爆発する弾丸はされど暴発する。

発射と同時に爆発し、その爆風が推進力となって彼の身体を神速に導いた。

必ず暴発するという特性を利用した超加速と、その速度が乗った右拳。

ほとんどの魔力を六発目で使ってしまったが故に、爆発の規模自体は先程よりもよほど小さい。

だが、だからこそ術者を傷つけない加速手段となっていた。

『円盾《えんじゅん》重掛《かさねがけ》』

彼の軌道上に複数の盾を展開。

そして、それは即座に砕かれる。

スペキュライトは全身に魔力強化を施しているようだ。

身体《からだ》にどれほどの激痛が走っているだろう。腕にどれだけの負担が掛かっているだろう。

それでもなお、スペキュライトは突き進む。

速いが、その動きは直線的。

斬れ——ない。

彼を斬るギリギリのタイミングで魔力防壁が展開された。

逆袈裟《けさ》に拳銃を切り裂くつもりだったが、弾《はじ》かれる。

そして、銃を握っていない左手が握られ、彼の拳がヤクモに迫る。

魔力防壁は外側からの干渉を防ぐが、内側からは外へ出られる。攻撃も、設定次第では本人も。

彼は魔力防壁を展開しながらヤクモの攻撃を弾き、すれ違う一瞬に己の上半身を防壁の外へ出し、拳を突き出したのだ。

上手《うま》い。

だがヤクモもそれを見越して動いていた。

弾かれた際の反動を利用して回転。右足を軸に左足の回し蹴りを彼の右側頭部へ叩《たた》き込む。

「グッ——」

当たった。だが彼もまた予期していたのか、堪える。それどころか左手でヤクモの足を摑《つか》んだ。

「形態変化」

銃の形状が元に戻る。

――ゼロ距離なら、暴発も何もない！

ヤクモはそれを防ぐ為《ため》、回し蹴りのインパクトを活《い》かし、残った右足だけで跳ねる。

同時に左足の膝を折り曲げ、一挙にスペキュライトとの距離を詰めた。まだ左足は摑まれたまま。彼の左膝を右足で踏みつけ更に跳躍。顔面を蹴り上げると同時に左足の自由を取り戻す。

彼の目の前で宙返りするような体勢だ。

『十二刀流、刀葬《とうそう》』

盾が砕かれると同時に引き戻していた粒子が、スペキュライトの背後で十二振りの刀となる。

その全てが彼を照準し、空を裂きながら殺到。

彼は再び拳銃を形態変化させ、爆発による加速で回避。

その移動は直線的にならざるを得ない。

予想される進路上に刃を向かわせるも、スペキュライトの動きは予想を超えた。

進路上に魔力防壁を展開したのだ。

自身を水のように包み込み、ゴムのように跳ね返す性質のものを。

それにより彼の身体が弾かれ、赫焉刀《かくえんとう》の群れは空を切る。

トルマリンほどとはいかないが、かなり高いレベルの魔力操作技術だ。

ネフレンが決闘で魔力防壁から円錐《えんすい》を生やし、トルマリンが魔力を形成し様々な攻撃手段としているように、術者の練度次第で自由度は上がる。

だが、彼の腕ももう限界だろう。ボロボロだ。

七発以降の運用は、ヤクモがトルマリン戦の最後で見せた魔力強化と同じ類のものだ。

実戦で使うには、あまりにリスクの高い戦法。

試合という方式だからこそ使える技。

喘鳴《ぜんめい》混じりに、されど彼は叫ぶ。

「バースト・ショット……！」

爆炎を背に、魔弾の射手が迫り来る。

奇《く》しくも、これはセレナの雷撃と状況が似ていた。

神速にして直線的な攻撃。

故に対応もまた決まっていた。

十二振りの赫焉刀《かくえんとう》を配置。

セレナと違い今回は術者本人が突撃していることから、魔力防壁を警戒。

先んじて刃を二振り向かわせる。

一刀目を弾くべく、彼が魔力防壁を展開。ヤクモは即座に綻びの位置を把握、二振り目で切り裂き、魔力防壁が弾けて消える。

だが、その頃には、彼は二振りの赫焉刀《かくえんとう》を置き去りにする速度でヤクモに迫っていた。

その後二度、周囲の粒子を赫焉刀《かくえんとう》に変え、スペキュライトに魔力防壁を展開させる。

六度目、合計十二振りの赫焉刀《かくえんとう》によって、ついにスペキュライトの魔力切れを確認。

彼の速さは凄《すさ》まじく、最初の二振りはヤクモの所に戻ろうとしているが、とてもスペキュライトに追いつけない。

スペキュライトもヤクモの対応を予測し、それを切り抜けるだけの魔力を残しておいたのだろう。

魔法も赫焉《かくえん》粒子もなく、頼れるのは互いに、武器化した相棒のみ。

「うおぉぉぉぉぉぉぉッ！」

スペキュライトが似合わぬ雄叫《おたけ》びを上げる。

急速に接近する二人。残り少ない決着までの時間が、終わろうとしていた。

『……雷切』

彼は雷ではないが、その速さは似つかわしい。

——見えているよ。

居合のような構えから繰り出される斬り上げ。

刃が閃《ひらめ》き、スペキュライトの拳と拳銃を切り裂いた。

ネアが人間状態に戻り、地面を転がる。

拳の傷ついたスペキュライトはされど勢いを殺せず、ヤクモに飛び込む形となる。

ヤクモはそれを受け止めた。

「……ぅ、あ」

彼が自分の右手を見て、武器を失ったことに気づいたような顔をする。

そして一瞬、泣きそうな表情になり、すぐに小さく笑った。

「いいか、ヤクモ。よく、聞け」

「あぁ、聞いているよ」

彼が血だらけの拳で、ヤクモの胸元を握る。

「オレは、昨日の怪我《けが》で負けたんじゃない。あんなもん、どうってことないんだ」

「あぁ」

「今日はお前らの方が強かった。ただそれだけのことだ」

自分は全力を出し切って負けた。

だから負い目を感じることは無い。

そう言いたいのだろう。

「確かに理解したよ」

「なら、いい」

ふっ、と彼から力が抜ける。

仰向《あおむ》けに地面に倒れる。

寸前で、這《は》って近づいてきていたネアが弟を受け止めた。

「……今までで一番かっこよかったよ、スペくん」

ネアは泣き出しそうな顔で、それでも誇らしげに笑っている。

《導燈者《イグナイター》》の戦闘不能を確認。

審判の掛け声で勝敗は決した。

学内ランク三十九位《魔弾《まだん》》スペキュライト＝アイアンローズ

対

学内ランク四十位《白　夜《ファイアスターター》》ヤクモ＝トオミネ

勝者、ヤクモ・アサヒペア。

二回戦、突破。

エピローグ／夜を日に継ぐ

目が覚めると、無機質な天井が視界に映る。

自室ではない。医務室か。

「スペくん！」

姉の声。

全身が倦怠感《けんたいかん》に包まれている。治癒を施されたのだろう。

ヤクモに斬られた右手はなんとか治っていた。動かすと少し違和感があるが、じきに気にならなくなるだろう。

やはり、怪我してすぐだと治癒魔法も効きやすいのか。それとも、術者の腕が良いのか。

起き上がろうとすると、誰かに肩を押される。

「ダメだよきみ。あのね、本来ならきみらの試合は延期するべきだったわけ。表向きの平穏を装う為に変更出来なかったけどね。文句も言わず試合に出たのは偉いよ？　けどね、ダメでしょ。痛みは危険信号なんだから」

「……アンタが治したのか」

白衣を着た金髪の女性だ。治癒持ちの領域守護者だろう。

魔人襲撃の件を知らされるくらいの地位にはついているようだ。

「そうさぁ？　だけどね少年、治ることを前提に動くのはいただけないなぁ。ヤマトの少年にも言ったけどね」

微笑《ほほえ》んでいるのに、目が笑っていない。

「せ、先生。スぺくんもその、悪気があったわけではないというか」

「そりゃあそうだろうさ。あるんだろう？　男同士の譲れない戦い～みたいなものが。だからと言って、だ。馬鹿な行いを馬鹿だと言う奴《やつ》がいないとだめだろう。以後気をつけなよ、きみ」

そう言わないと肩を押さえたままの手を離しそうになかったので、スぺキュライトは無言で頷《うなず》く。

「素直でよろしい。そういう患者は好きだよ。楽だから」

それだけ言うと満足したのか、白衣の女は出ていく。

ヤクモ達《たち》はもう部屋を去った後らしい。

さっきの今で顔を合わせるのもなんなので、助かった。

「大丈夫？　スペくん。痛いとこない？」

姉がスぺキュライトの顔を覗《のぞ》き込む。

「あぁ」

「うそ。先生がまだ当分痛む筈《はず》だって」

「……ならなんで訊《き》いたんだよ」

「スペくんが本当のことを言ってくれるのか試したのです」

姉は腰に手を当て、頬を膨らませる。

怒ったようだ。

「でも、お姉ちゃんに嘘《うそ》ついた。はぁああ、悲しいなぁ。私はスペくんにいつも正直に接しているのになぁ」

普段なら流すところだが、今日は黙っていられなかった。

「それこそ、嘘だろうが」

「……スペくん？」

「いつもいつもヘラヘラ笑いやがって。その足も、弾数が六発になったのも、オレの所為《せい》だろ。なのにアンタは、恨み言の一つも言いやしねぇ」

スペキュライトの言葉に、ネアは困ったような顔をする。

「何度も話したでしょう？　私はスペくんのお姉ちゃんだもん。自分が勝手にやったことで、スペくんを恨んだりなんかしないよ」

嘘だ。

あれだけ周囲に望まれていた彼女を、故障品《ゴミ》などと称されるまでに貶《おとし》めたのはスペキュライトだ。

日々の生活を困難にしたのはスペキュライトだ。

「……スペくんは、罪滅ぼしのつもりでお姉ちゃんと一緒にいるの？」

姉が悲しげに、そんなことを言う。

そして、こう言葉を続けた。

「だったら、嫌だな。それなら、壁の外に送られる方がいい」

「あ？　何を馬鹿なことを言ってやがる」

「馬鹿なのは、スペくんだよ。お姉ちゃんが壁内《ここ》に残るって決めたのは、償いをしてもらう為《ため》じゃない。安全が欲しかったからじゃない。忘れたの？」

「…………何を、言って」

姉の真剣な表情に、スペキュライトは戸惑う。

壁外に行きたいヤツなんているものか。壁の外は危険だ。いられるものなら誰だって壁内にいたいだろうに。

他にどんな理由が。

ふと、脳裏を掠《かす》める記憶。

両親と決別した日の会話。

――『よかったの……？』

――「……姉ちゃんだけいればいい」

そこまでは覚えている。

自分の本音だ。

だが、会話はそこで終わっただろうか。

溢《あふ》れるような姉の笑い声が聞こえる。いや、目の前の姉でなく、これは記憶の中の姉だ。

──『お姉ちゃんも、スペくんと一緒が幸せだなぁ』

「…………っ」

そうだ。姉は壁外行きを受け入れていた。自分が引き止め、彼女を自身の《偽紅鏡《グリマー》》とした。

罪滅ぼしがしたからではなく、一緒にいたかったから。

彼女も、ただ同じだった？

「私が笑うのはね、スペくん。トータルでプラスだからだよ。歩けないのは正直とっても不便です。でもきみがいる。馬鹿にされるのは結構辛《つら》いです。でもきみがいる。性能が落ちたことをとても不甲斐《ふがい》なく思います。それでも、きみがいる」

彼女がそっと、スペキュライトの手を握る。

「毎日スペくんといられるんだもん。自然と頬が緩んでしまうのさ」

にっこりと、姉が嬉《うれ》しそうに笑う。

そこに不純物は見当たらない。

とても幸福そうな顔をしている。

「それにね、最近は車椅子の操作にも慣れたんだから、ほら」

彼女は自分で車椅子を動かし、医務室内を回り始める。

「見てこのドライブテクニックを！　くるくる回ることも出来ちゃうのだ！」

くるくる。

くるくる。

姉が回り、くたびれたように止まる。目が回ったようだ。

「うぷっ……ま、まぁ、こんなもんよー。お姉ちゃんも中々やるでしょう？」

腕もぴくぴく震えている。無理して強がっているのが丸見え。

「くっ」

思わず、吹き出してしまう。

「ひどい！　お姉ちゃん頑張ったのに笑わないでよ！」

自分は結局、愚かな子供のままだったのだ。

どこまでも自分勝手で視野の狭いガキだったのだ。

だって、姉の笑顔は常にそこにあった。

それを自分の罪悪感が歪《ゆが》めて受け取っていただけ。

自分が幸福にするまでもない。彼女はとっくに彼女自身の幸福を獲得していたというのに。

「ははは」

笑う自分を見て最初は怒っていた姉だったが、その笑みの種類に気づいた瞬間、また嬉しそうに笑う。

「スペくんが笑った！」

「笑えることがありゃあ笑うだろ」

「そうじゃなくて、昔みたいに可愛《かわい》く笑ったの。とてもレアですぞこれは。お姉ちゃんの華麗な回転がそんなによかったのか。じゃ、じゃあ二回目いっちゃおうかな？」

「やめとけ。それに、アホな奇行に笑ったわけじゃねぇよ」

「あほ!? 奇行!? お姉ちゃんの超絶技巧に、なんてひどいことを言うの！」

怒る姉を見て、スペキュライトはまた笑う。

まだ、残っている。

姉の力を証明したいという思いも、誰にも姉を嘲笑されたくないという思いも。

だが、それはもう、姉の未来を奪ってしまった負い目を晴らしたいという心からではなく。

ただただ自慢の姉を馬鹿にされたくないという、不出来な弟の純粋な思いだ。

「え～。じゃあどうして笑ったのか教えて？　お姉ちゃん、スペくんの笑った顔がもっと見たいな」

必要ない。

姉が笑うのと、理由は同じだから。

だがそれを口にするほど、スペキュライトは素直じゃない。

答えず、しばらく笑っていた。

◇

その日の残りの試合も観戦し終えて。

「むむむ、むむむむむぅ」

妹の声だ。

アサヒがヤクモの左手を摑《つか》み、凝視している。

もうずっとこの調子だった。

魔弾で吹き飛んだ指だが、その後きっちり回収したところ、金髪で白衣の領域守護者が元通りにしてくれた。

終始笑顔ながら、彼女には大変厳しいお叱りを受けた。

妹にもだ。

一瞬の判断が求められる中で、常に最善手を取り続けることは難しい。

例えば、正面から迫る敵意ある者の拳は避けられても、すれ違う人にいきなり殴りかかられればまず混乱が勝る。回避の前に混乱が挟み込まれるわけだ。その時点で行動に遅延が生じ、遅延は焦りを生み、焦りはミスを生む。

そうして避け損ねたり、あるいは過剰に防衛してしまったり。戦闘時にはしない失態を晒《さら》すなんてこともあるだろう。

あの試合は一瞬の判断を常に求められた。しかも、考えるべきは一つの事柄だけではなかった。複数の弾丸が放つ複数の能力を、一瞬で切り抜けなければならなかった。

試合では左手を犠牲にしたことで突破したが、もう少し賢い方法だってあったかもしれない。

それについて考えようとは思うが、ヤクモは次も必要だと思えば犠牲にするだろう。

最も重要なものを譲らない為に必要ならば。

とはいえ、忠告や心配はありがたい。

「アサヒ。大丈夫だって」

「いいえ、ちゃんと隅々まで確認しないといけません。もし問題があったら、その白衣女は許しませんが」

「本当に問題ないって。それよりアサヒは平気？」

赫焉《かくえん》粒子で身を包んで爆発を切り抜けたが、炎熱で粒子が傷つかなかっただろうか。

彼女の肉体と精神に影響が表れていないか、ヤクモの方こそ心配していた。

アサヒは笑顔で頷いた。

「ええ、平気です。いつものように兄さんがお風呂で身体《からだ》を洗ってくれれば元気になります」

「一度もしたことないよね？」

「え？　あぁすみません。いつも見てる夢のことでした」

「いつもそんな夢見てるの……」

「お風呂以外にも、兄さんとイチャイチャするあらゆるシーンを見ています。夢って素敵ですね。夢があるとはよく言ったものです」

「いや、それは使い方が違うような」

「あ」

妹が急に口許《くちもと》を押さえる。

「え、まさか手に何か？」

自分では違和感のようなものは感じないが、何か以前までと違う点を見つけたのだろうか。

「い、いえ。兄さんの手は元通りです。いつもわたしを強くぎゅっと熱烈に握る素敵な手です」

もちろん、刀状態のことを言っている。

それより。

「僕じゃないなら、アサヒに？……言ってくれ。隠し事はなしにしよう」

すすす、と妹の身体がこちらへ寄ってくる。

もしや手足の痺《しび》れなどが出ているのかと、ヤクモは胸が引き裂けそうな思いで受け止めた。

「わたし、なんだか調子が悪いみたいでぇ。部屋までお姫様だっこしてくれますか？　兄さん」

………。

ヤクモは二つの感情に襲われた。

妹に問題がないようで、心の底から安堵《あんど》した。

だが同時に、甘えるにしても不適切な手段を用いた妹に対する、怒り。

窘《たしな》めてもいいが、ヤクモは閃《ひらめ》く。

ちょっとした意趣返しをしよう、と。

「そうだね。アサヒに無理はさせられない」

「え、あれ……？」

いつものように却下されると思っていたのだろう、頼んでおいて戸惑うような声を出すアサヒ。

アサヒの身体が心配ということもあり、試合後は立ち見ではなく観客席に腰を下ろしていた。

ヤクモは立ち上がるとスッと彼女を抱き上げて、そのまま帰路につく。

「ひゃあ。に、兄さん？　いいんですか？　そ、外ですよ？」

妹の顔は驚きと羞恥で赤く染まっている。

正直とても恥ずかしい。

周囲の視線がガンガン吸い寄せられているし、自分の性格に合っていない行動だ。

「調子が悪いんだろう？　僕の判断で妹が辛い思いをしてるんだから、これくらいなんてことないさ」

「うっ」

妹の表情に罪悪感が滲《にじ》む。

自分の悪ふざけが兄に何を感じさせたか理解したらしい。

「兄さん……怒ってます？」

「どうして？」

「あ、いえ、そのぅ……。ごめんなさい……！　よくない冗談でした。以後気をつけます
から、ね？」

「どうかな。うちの妹は懲りないし」

「なっ。兄さんを傷つける失敗を二度は犯しませんよっ。信じてください！」

不服そうな妹の声。

「そうだね」

「じゃ、じゃあ」

「下ろさないよ。心配なのは本当だし、それに」

「……それに？」

おそるおそるこちらを見上げる妹に、ヤクモはにっこり微笑《ほほえ》む。

「兄だからさ、いけないことをした妹には、反省させないと」

アサヒは身じろぎしたが、無理に下りようとはしなかった。

諦めたようにヤクモに体重を預け、苦笑する。

「兄さんも顔赤いですよ……」

「そりゃあ、とても恥ずかしいからね」

「自分を犠牲にする戦い方はよくないですよ。兄さんの数少ない問題点です」

「それが必要なら、僕はするよ」

「大変かっこいいキメ顔のところ申し訳ないんですが、まだ赤いです」

視線の数が凄《すさ》まじい。

魔法無しと魔力をろくに使えない二人が、またしても勝ち進んでしまった。

常識外の領域守護者。

それが何故《なぜ》か、お姫様だっこなどして歩いているのだ。

注目を集めない方がおかしい。

吹っ切れたのか、妹が赤面したまま叫ぶ。

「ふっふっふー！　羨ましいでしょう皆さん！　ちなみに部屋ではもっとらぶらぶいちゃいちゃして――いだっ、太腿《ふともも》の裏つねらないでください兄さん！」

「まったく反省してないね」

「してますよぉ。それはそれとして、あわよくば兄さんとお近づきになれないかと期待するメス共を牽制《けんせい》しているんです。雌狐《めぎつね》共に兄さんを渡すものですか」

「言葉が汚いよ」

「部屋ではもっとすごいんですよー！　なにせお互い服を着てな――いっだい！　落とした!?」

尻から落ちた妹が、臀部《でんぶ》を押さえながら涙目になる。

少し可哀想《かわいそう》に思えたが、そこをぐっと堪《こら》えて、ヤクモは進む。

「え、え!?　そんな！　兄さん待ってください！　違うんですだって最近兄さんに色目使うメ……女性が多過ぎるからアサヒちゃんちょっとじゃらしぃ？ってゆうか兄さんはわたしだけのものなんだぞ！って今一度知らしめたかったとゆうか、決して兄さんを傷つけようとか怒らせようとかそういうことを考えていたわけではないんです置いてかないでください、え？……夜雲《ヤクモ》くん？　え？」

しばらくそのままの体勢でいたらしいアサヒが、不意にガバッと立ち上がるなり足音が聞こえてきた。

「まってくださいよぅ！」

半泣きで追いかけてきた妹が、拗《す》ねたように指でちょんと袖を摘《つま》んだ。

まるで怒られないラインをさぐるようないじらしさに、夜雲は一瞬前までの怒りが溶けてしまうのを感じた。

彼女が暴走する原因の何割かは、きっと自分が甘いからだよなぁと思いつつ。

振り払うことなく、寮へ戻るヤクモだった。

◇

魔人の襲撃は世間に公表された。

襲撃前であれば、民の不安を煽《あお》り諸問題を引き起こす危険性のある愚行。

だが対処後に、こう発表すれば別。

『六体の魔人による急襲があったものの、問題なく討伐出来た』と。

魔人の襲撃という衝撃と恐怖はしかし、それさえも問題としない強者の存在をより強く印象づける。

六体もの魔人に襲われてもこの街は安全なのだと、民に思わせることが出来る。

また、領域守護者の存在意義を民衆に強く意識させる目的もあるのだろう。

そして、その印象をより強固とする為《ため》に、それは大々的に行われた。

ヤクモ組、トルマリン組、スファレ組、スペキュライト組、ネフレン組。

そしてミヤビ組、ヘリオドール組。

更には、グラヴェル・ルナペアも。

魔人討伐の功労者として勲章を授与された。

その全員が、この場に集まっている。

スファレはヤクモ組とスペキュライト組の試合後に目を覚まし、腕も無事繋《つな》がった。

まだ体調は万全とはいかないようだが、それも血が足りないからで、傷自体は完治しているらしい。

この後、ささやかながら今回の臨時《班》の皆でお祝いをするつもりだった。

ちなみに、勲章の発表によって仲間はずれに気づき若干不機嫌になっていたラピスも、仲間として招待している。

グラヴェル組が勲章を授与され、仲間の命を繋いでくれたアンバー組がこのメンバーの中にいないのを見るに、アサヒとルナ姉妹の生家——五色大家《ごしきたいか》オブシディアン家からの圧力があったのかもしれない。

娘であるルナの活躍は勲章に値する、とか。

実際ルナの助けは大きかったのでヤクモに不満はない。

同じくらいアンバーにも感謝しているので、彼女が呼ばれなかったことは残念だが、あくまで『討伐』の功労者となると戦闘能力を持たないばかりか『青』である彼女が呼ばれるのは変、ということなのかもしれない。

「あ、あの、ヤクモ様っ」

スファレの《偽紅鏡》《グリマー》である、茶髪の少女チョコが小声でヤクモを呼んだ。彼女の瞳は、今日も長い前髪に遮られてよく見えない。

「チョコさん。どうしたんです？」

ヤクモが名を呼ぶと、彼女はかぁっと頬を染めた。

「あ、あの時は、助けてくださり、あ、ありがとう、ございましたっ」

スファレが右腕を千切られたあと、右手に握られていたレイピアの武器化が解除され、チョコは人間の姿に戻った。そしてセレナは、そんな彼女を踏み潰そうとしたのだ。

「どういたしまして。お互い無事に戻れてよかったです」

ヤクモが微笑むと、チョコは更に顔を赤くして、自分の指同士を絡めるようにしながらモジモジしだす。

「あの、お礼が遅れてしまって、ごめんなさい」

「気にしないでください。スファレ先輩のことが心配だったのは分かりますから」

チョコは自分の顔を手で覆ってしまった。

「ひゃあ……優しい」

何やら呟《つぶや》いているが、もごもごいっていてよく聞こえない。

そんな彼女の様子を、スファレが微笑ましげに、モカが「うんうん」とどこか誇らしげに、それぞれ眺めている。

ヤクモは妹が口を挟んでこなかったことに気づき、不思議に思った。

いつもの妹であれば、兄と女子の会話にはすぐさま割り込んできそうなものだが。

ちらりと視線を向けると、アサヒはわざとらしく肩を竦《すく》めた。

「ふっ、正妻の余裕というものです。まぁあの無駄乳で兄さんを誘惑しよう日にはもぎとってやりますけども」

やはりアサヒはアサヒだった。我慢を覚えただけ、進歩したと考えるべきか。

無駄乳、というアサヒの言葉に反応し、チョコが豊満な胸部を腕でサッと隠した。

「アンタ達は、元気そうでいいわね」

その様子を眺めていたネフレンが、ぼそりと呟く。

右側の横髪を指先で弄《いじ》る彼女の姿は、元気がないように見える。

「ネフレン、どこか調子が悪いのかい？」

「いや、それは大丈夫だけど。ただ、その……」

ネフレンはしばらく言いにくそうにしていたが、やがて吹っ切れたのか、こう口にする。

「アタシ、場違いじゃないかしら。全然、役に立てなかったし」

自信なげに俯《うつむ》く彼女を見て、ヤクモはすぐに否定する。

「そんなことないよ」

だが、あまり効果は無いようだ。

「アンタくらい活躍してれば別でしょうけど……」

「この中の一人でも欠けていたら勝てなかった。ネフレンの助けは絶対必要だったよ」

壮年の魔人への一撃も、セレナの首への一撃も、負傷した仲間を守ってくれたことも。

全て、卑下する必要なんてない、素晴らしい活躍だ。

「………そう、なら、いいんだけど」

「うん」

ヤクモが頷《うなず》くと、彼女は僅かに頬を染めて俯いた。

「……ちっ」

妹が露骨に舌打ちした。相変わらず、ネフレンには厳しい。
それでも活躍は否定しないあたり、妹もちゃんと分かっている。
それはそれとして不愉快なのだろうけど。
勲章授与はタワー前の広場にて行われた。
授与式には四組織の正隊員や高位の職員などが参列している。
ミヤビがサボったことでヘリオドールが頭を抱え、弟子であるヤクモ達《たち》も若干肩の狭い思いをしたが、それ以外は概《おおむ》ね問題なく進行した。
ヤマト民族が交ざっていることに不愉快な視線を向けてくる者達もいたが、気にしない。

「お金が入ったら家族《みんな》に服を買いましょう。余裕がなくて、ボロボロのままでしたし」

勲章だけでなく、報奨金も出ると聞いていた。
アサヒの言葉に頷く。

「そうだね。モカさんに手伝ってもらって、ご馳走《ちそう》ってのもいいよね」

「あ、はいっ。喜んでお手伝いさせていただきます」

モカが胸の前で拳を握って承諾してくれた。

「ヤクモくんとアサヒちゃんのご家族ですか～？　私もお料理には自信があるので、よければ手伝わせくださいー～」

車椅子に乗ったネアが、にっこりと微笑みながら申し出る。

「姉貴が行くならオレも行く」

付け加えるように、スペキュライトがぼそっと言った。

相変わらず仲の良い姉弟だ。

「あ、ぼくも料理出来るよ。ヤクモとアサヒにはトルを守ってもらったお礼がしたかったし、よければ使ってほしいな」

マイカも会話に加わった。

彼女が言っているのは、雷撃に打たれたトルマリンの前に出てセレナと戦ったことだろう。感謝の言葉は既にもらったが、彼女はそれでは足りないと考えてくれているのか。

「そうだね。では食材の費用は私が負担しよう」

トルマリンが続き、スファレも微笑《ほほえ》む。

「素敵ですわね。わたくしが参加してもご迷惑ではないかしら？　もちろんお手伝い出来ることなら、なんでも致しますので」

「スファレ様は、あんまり動いてはだめです。その分、わたしが頑張りますので……」

チョコが気遣わしげにスファレを見つめながら言う。

「あ、あたっ、アタシの行きつけの店、使えば？　良い品を安く買えるわ……よ？」

出遅れたと思ったのか、ネフレンが慌てた様子で会話に加わる。

もちろん、みんな歓迎だった。

ただ、小声での会話に入ってこなかった者もいる。

　グラヴェルは無表情で立っていたし、ルナは不機嫌そうにチラチラとこちらを睨《にら》んできた。

　少し迷ったが、ヤクモは声を掛けてみる。

「よかったら二人もどう？」

　ルナは驚いたように目を見開き、それから苛立《いらだ》ちを隠しもせず、舌を出した。

「ルナが夜鴉《よがらす》の巣になんか行くわけないじゃん。残飯パーティーは勝手に開催してて」

「なら、どうしてきみは夜鴉を助けに来たんだい？　ぱじゃま姿のグラヴェルさんを急《せ》かしてまで、さ」

　カァッとルナの顔が赤に染まる。

「か、勘違いすんなってっての、ばぁか！　誰がきみなんかを助けにいくもんかっ」

「勘違いなんかしてないよ。助けたかったのはアサヒなんだろう？」

「ちがっ、ルナは！　あーもう！　きみ、嫌いだ！」

　ルナがぷいっと視線を逸《そ》らす。

「あー、いいかな少年少女。君たちの労をねぎらう場とはいえ、私語は後にしてもらえると助かるんだが？」

　《皓《しろ》き牙》総司令アノーソ＝クレースが苦笑して言う。

　ルナ以外の全員が姿勢を正す。彼女だけは、注意されてもどこ吹く風だ。

　勲章はアノーソによって授与される。

「ふふ。うん、よろしい」

アノーソの笑みはなんというか、すっと心に入ってきた。

不思議な雰囲気の女性だ。

彼女の表情が真剣なものに変わり、参列者を見回す。

「聞いてくれ、皆の衆！　我ら正隊員ですら命掛けで挑む魔人を、あの日多くの被害を出した魔人を、彼ら訓練生が討ち取った！　そればかりか特級指定を相手どり、《黎明騎士《デイブレイカー》》到着まで凌《しの》ぎ切ったのだ！　《黎《くろ》き士《さむらい》》の采配は間違っていなかった！　今日この日、若き戦士達を讃《たた》えよう！」

万雷の拍手が巻き起こる。

ヤクモの目的は家族を幸せにすること。

その為には予選を勝ち抜き本戦で優勝する必要がある。

だが、そこで終わりではない。

いつか、この夜を明かすと、そう決めた。

魔人の討伐は、人類の脅威を減らすということ。

更には魔王の実在も、魔人からの証言でではあるが確認出来た。

太陽に一歩近づいたと、言えるのかもしれなかった。

ふとアサヒを見ると、目が合った。

互いに微笑む。

名前を呼ばれる。
一歩踏み出す。
いつかの明日、太陽を迎える為《ため》に。

あとがき

2巻をお手にとって頂きありがとうございます。御鷹《みたか》穂積です。

本作は、『主人公兄妹が大会を勝ち抜く為《ため》の戦い』と『魔人の侵攻に抗《あらが》う人類の戦い』が並行して描かれます。

1巻では、なんとか大会予選の一回戦を突破し、魔獣の群れや魔人との戦いを切り抜けた主人公達《たち》ですが、2巻では新たなライバルと強敵が出現します。ヤクモやアサヒとその仲間達《たち》が、どのように戦い抜くのか、見届けて頂ければ嬉《うれ》しく思います。

1巻のあとがきに、主人公の住む【カナン】という都市では、宝石由来の名前の者が多い、と書きました。それと同様に、人類の天敵である魔人の名前にも傾向が存在します。

ただ、今回登場するとある魔人の少女は、気づけば当初作者が設定していたのと違う名前を名乗っていました。

普通に考えれば自分のミスなのですが、二つの理由から、そのままにしておきました。

一つは、その名前の響きが『可愛《かわい》いもの好き』という彼女のキャラクターに合っていたこと。もう一つは、魔人の名付けのルールから外れるということが、普通の魔人とは違うそのキャラクターらしいなと感じたからです。物語を書いていると、しばしば予定外のことが起こりますが、それもまた創作の魅力の一つなのではないかなと思います。

謝辞に移ります。

担当の吉田様には今回もお世話になりました。自分が原稿提出した後で加筆したいと言い出した時も、柔軟に対応して下さりありがとうございます。

作品に対して常にポジティブな感想を下さり、おかげで終始気持ちよく作業を進めることが出来ました。

イラストの野崎つばた様には、新たに五人のキャラクター達《たち》に素晴らしい姿を与えて頂きました。セレナは可憐《かれん》で、ヘリオドールは格好よく、ネアは美しいです！

ツキヒはアサヒの妹感がありつつ、つり目がちなところや髪の外ハネに彼女の性格が表れているように思いますし、スペキュライトの強面《こわもて》なところや人を寄せ付けないような雰囲気も素晴らしいです。怖そうな見た目なのに実は姉思いという部分にギャップが感じられて、デザインして頂いた登場人物全員がそうですが、文字だけで表現されていた時よりもずっと彼ら彼女らの事を好きになりました。ありがとうございました！

その他、本書の制作と販売に関わって下さった方々にも感謝を捧《ささ》げます。

1巻に引き続き本書をお手にとってくれた方も、本当にありがとうございます。

またお逢《あ》い出来ましたら、とても嬉《うれ》しく思います。

御鷹穂積

OVERLAP

幾億もの剣戟が黎明を告げる 2
ひねくれ銃手と車椅子の魔弾

発　行　2022年6月25日　初版第一刷発行

著　者　御鷹穂積
発行者　永田勝治
発行所　株式会社オーバーラップ
〒141-0031　東京都品川区西五反田 8-1-5
校正・DTP　株式会社鷗来堂
印刷・製本　大日本印刷株式会社

Printed in Japan　ISBN 978-4-8240-0209-9 C0193